舒卷覓餘情

婉冰——著

心水、婉冰金婚儷影

婉冰粉墨登臺，演出粵劇折子戲的扮相

目次

情真意切細膩傳神
——婉冰散文集《舒卷覓餘情》代序

胡德才

說到澳洲華文女作家婉冰，我總是聯想到中國現代以筆名冰心彪炳史冊的著名女作家謝婉瑩。產生這樣的聯想，表面看可能是因為她們共有「冰」這個字。這個字很好、很美，冰清玉潔、婉麗動人，是一種柔美高潔的境界，有一種晶瑩婉約的風采。祖籍廣東南海、誕生於越南、七十年代末定居澳洲、九十年代初開始文學創作的葉錦鴻為何以「婉冰」為筆名，是否因喜愛冰心而有追慕前賢之意，我不得而知，而且也不想向她求證，而更願意保留我自由聯想的權利。

其實，我由婉冰想到冰心，還不只是因為她們名字的美好，還有她們思想的純潔、情感的細膩、愛心的博大、為人的友善、為文的執著和橫溢的才華。

八年前，在汶萊參加「第六屆世界華文微型小說研討會」時初識婉冰和她的先生心水這對夫妻作家，在會議期間的交談中，獲悉了他們在上世紀七〇年代末被迫舉家離開越南、投奔怒海、流落荒島、歷盡艱辛、終獲救援，而後定居澳洲的傳奇經歷，同時也獲得了他們贈送我的兩本創作集：心水先生的《養螞蟻的女人》和婉冰女士的《回流歲月》。因為初次相識就留下了非常美好和深刻的印象，雖然此後見面不多，彼此相隔千山萬水，但心裏卻總有溫暖的回憶和隔不斷的牽掛。六年前，我到澳洲科廷大學訪問，曾在墨爾本短暫停留，與心水婉冰夫婦聯繫，卻恰逢他們旅行在外，雖有未能晤面的遺憾，但我已領略了婉冰讚譽為「人間天堂」、「桃源福地」的澳洲之美好，目睹了他們所居住的全球最宜居城市的風采，也使下一次的見面有了更多的期待和話題。兩年前，在鬱金香盛開的時節，我們終於在「荷蘭中西文化交流國際研討會」上相逢，並一同遊走歐洲六國，數日朝夕相處，相知更深，情誼更厚。他們是活躍在世界華文文壇以文為樂筆耕不輟的少數幾對夫妻作家之一，志同道合、夫唱婦隨、恩愛情深、形影不離，為人稱道和羡慕。心水先生耿直仗義、勇於擔當、平易健談、言辭犀利，有領袖之風。婉冰女士慈眉善目、溫婉賢淑、輕言細語、寬厚細膩，她言語不多，但見面總是淺淺一笑，出語總是對人的關心和讚譽。在年輕人和晚輩的眼裏，她是位貼心的大姐、和藹的母親、慈祥的奶奶。

人們常說，文如其人，雖然事實上並非全都如此，但婉冰的為人與為文在基調與風格上確是很相似的，我閱讀她的《回流歲月》、《擾攘紅塵拾絮》、《放逐天涯客》等詩文小說集，得到的印象大致如此。就這部散文集《舒卷覓餘情》而言，我讀後有兩點突出的感受：一是寫親人憶往事，情真意切；二是寫景物抒情懷，細膩傳神。

婉冰寫親人的一組散文給我留下了深刻的印象，首篇〈靈夢〉就令我過目難忘，一讀再讀，餘味深長。作品借夢寫情，抒發對外婆的深切思念。外婆入夢，乃思念所致，可見作者與外婆感情之深厚。夢中的外婆，居所漏水，生活淒苦，作者無限悲切，乃至夢中放聲大哭，實乃真情流露。而噩夢連宵、夢境重現，則愈顯思念外婆之情真意切。夢後拜祭外婆墳墓，寂寥墳地，荒草叢生，墓碑倒塌，棺槨積水，既添感傷之情，又顯夢之靈異。真實自然，又出人意外，這正是點睛之筆，是本文的文眼所在。靈夢雖不可解，大概正說明作者對外婆的感情之深與真，古人云：「精誠所至，金石為開」，其此之謂歟？〈靈夢〉雖不是新作，是集子中少數幾篇對舊作的「重修」，我讀後仍眼睛為之一亮。我覺得「重修」後的〈靈夢〉有四大亮點：一是開頭更精彩，二是結尾更有韻味，三是語言更精粹，四是感情更深厚。如開篇寫作者夢中見到外婆，舊作是：「從玻璃窗向外望，竟是外婆滿布歲月的慈顏。」重修的新作改為：「掀起窗簾往外細瞧，竟然是外婆那堆滿歲月的慈顏。」一個「細瞧」、一個「堆滿」，兩個傳神的動詞，使句子由平而奇，情寓於中，耐人尋味。每個人都有不一樣的童年，但每個童年都有難忘的外婆。自幼在外婆家成長、備受外婆疼愛、乃至結婚生子後仍受到外婆千般照顧的婉冰，將對外婆的深情摯愛融入寫夢的短文之中，真中有巧，平中見奇。我以為，美麗而奇巧的〈靈夢〉應是婉冰散文的代表作之一。

〈思親淚〉、〈魂在何方〉是懷念父親的散文，鏤骨銘心的思念是行文的線索，父親返鄉尋根、大海逃難、烹調美食、華社服務等生活點滴就是線上之珠，它們串起的是一個具有寬厚慈愛、正直慷慨、樂善好施、勤勞和善等美好品德的好父親。多愁善感的作者甚至在默默依照父親留下的烹調法下廚熬湯之時，也是「邊做邊含著淚水難抑滿腔思緒。」真情洋溢，讀來令人動容。

在懷念母親的多篇散文中，婉冰則有更多的直抒胸臆，從〈母親的背影〉、〈母親的眼淚〉到〈暮境苦蓮心〉、〈明日已天涯〉等篇，作者常常睹物思人，見景生情，午夜夢回，悲不能勝，加之自身漸入老境，浮想聯翩，感慨人生苦短、聚少離多，生離已愁苦，死別更傷心。到寫給母親的〈無法呈遞的信函〉，則索性以書信的形式向母親傾訴無限的思念、無窮的悔恨、無盡的哀愁。內容雖然還是日常瑣事，抒發的也是人之常情，但因作者感情的濃烈和真摯而具有了很強的感染力。

婉冰寫到丈夫心水和自己的生活情趣的幾篇散文則又別具一番諧趣，而為我所喜歡。〈咖啡情人〉開門見山，又引人入勝。出生咖啡經營之家的男友因其「充溢濃烈咖啡香」，而被稱為「咖啡情人」，這已頗有情趣，而「那股獨特香味，竟誘發日夕思念，讓我漸漸墜陷，而自願沉醉為咖啡嫂。」就更顯得趣味盎然了。在幽默俏皮之中，隱隱透出的是愛情的甜蜜與美好，是作者對美滿婚姻的愜意與滿足。然後，正文則將夫家經營咖啡的盛況、全家每日必飲濃咖啡的習慣、咖啡加工焙烘的工序以及最後店門關閉的結局娓娓道來，感慨遙深。〈群鳥之家〉亦以詼諧的筆調寫自家美麗的後院成為

「群鳥之家」的趣事，尤其寫丈夫與群鳥共樂，樂而忘返，妻子則疑惑其是否被芳鄰洋小姐所吸引的一段文字，讀來令人忍俊不禁。作者童心未泯、頑皮逗樂，文筆優美，趣味橫生。〈水之緣〉敘寫自己由懼水、慕水、避水而終於愛水的有趣經歷，揭秘「英雄救美」的雅事，感慨「緣」的魔力，讀來輕鬆有趣。〈舒卷覓餘情〉可視為作者的自畫像，亦是其言志之作。一個多情善感、沉醉書卷、喜愛粵劇、熱愛自然、情趣高雅、與時俱進的淑女形象躍然紙上。

婉冰還有一組寫景的美文，值得鑒賞。我印象尤深者是〈拾翠尋春〉、〈秋景撩情〉、〈賞雨情懷〉、〈春雨綿綿〉、〈春舞步遲遲〉等篇。婉冰居住在「花園之州」，墨爾本遍佈奇花異卉，林木蒼翠，四季花色輪流交替，處處色彩繽紛。對大自然情有獨鍾而又敏於觀察、多愁善感的她難免要感時濺淚、對景抒情了。

婉冰寫景美文的特色，一是體察入微、語言優美、描摹細膩。〈拾翠尋春〉寫春色春景、群芳鬥豔，是春的禮贊、花的展覽。那頑童般的紫藤、淡雅的茉莉、嬌小的薔薇、淺紅粉白的桃李、綠茵茵的草坪、蒼翠的樹木，千姿百態，各盡其職、各顯其能，它們與百鳥和鳴，共同譜寫春的交響。雨天常常是不受人們歡迎的，但婉冰卻獨愛下雨。無論急風暴雨、微風細雨，還是黃梅陰雨、春夜喜雨，在婉冰看來，都有其美麗可愛處。在雷聲隱隱、大雨傾盆之時，她可以披上雨衣沖進雨網，享受那份清涼沐浴的感覺；暴雨急降之時，她可以躲在屋簷或廁身茅亭靜賞百花樹草折腰擺搖的醉姿，心中油然生出浪漫詩意；而微風細雨中的花草晶瑩閃亮，白亮雨點如珍珠閃爍，又別是一番風采；至於黃梅雨天，則是她臨窗展卷的好時光，那灰淡長空蘊含幽雅詩情，正適合置身書中故事分嘗苦樂悲歡；還有萬籟俱寂中淅瀝不停的夜雨，那是一曲催眠的樂章，正助她慢慢沉入甜美的夢鄉。雨，可以洗滌心中的塵埃；雨，可以讓心境有說不出的輕快。這就是婉冰的〈賞雨情懷〉。二是多用擬人手法、賦予景物以靈性，生動傳神，情趣盎然。〈春舞步遲遲〉寫季節交替，冬去春來，作者渴望冬神離去、陽春早到，卻說冬神「臨別依依，徘徊不舍。若少女情懷，揮手惜別也惺惺作態，對大地像有著無限依戀。」至於爭先覺醒的櫻花、有自戀癖的海棠、歎息風華已過的茶花、彷彿畏懼潔雅寒梅的玫瑰、脈脈含羞的蝴蝶蘭、爭吵不休又締結情緣的杜鵑和夜來香、豪情奔放邀舞劍蘭的野百合，還有無懼風霜有如俠客的柏樹，百花群樹，千姿百態，全用擬人手法，而比擬無不生動貼切，可見作者觀察之細緻，想像之豐富、思想之純潔、文筆之細膩。三是情由景生，借景抒情，感悟妙語，恰到好處。〈秋景撩情〉由滿眼秋色引出「時光流逝如箭，髮鬢都爭先染霜」的感慨。〈春雨綿綿〉則因連綿飄落的春雨觸動久已塵封的記憶。那似斷還續的細細雨聲也像在娓娓訴說人生的種種無奈。作者筆下四季常青的柏樹，修煉成無懼風霜的堅毅精神，是古今人們的楷模！而無論雨聲洗滌心靈，還是花草呢喃勸喻珍惜時光感歎人生，都是作者借景抒懷、托物言志，雖是隻言片語，卻是寶貴的人生感悟。

今年春節前夕，心水先生來函告知，婉冰女士的散文新著將在台灣出版，要我撰文代序，雖然心裏忐忑，還是非常樂意接受。待看到電子文稿，又得知他們夫婦已相攜走過風雨五十年的歷程，他們約定今年將舉行新書發佈會以作「金婚」紀念。這樣，新書出版，又別有意義。人生多雅事，文壇傳佳話，我這篇小文也就可以一稿兩用，「代序」之外，就算是我獻給這對我敬重的長輩和作家「金婚」紀念的賀禮吧！

二〇一四年二月廿八日於中國武漢

（本文作者胡德才教授、現任武漢中南財經政法大學新聞傳播學院院長、世界華文作家交流協會學術顧問。）

親情濃烈愛心盈瀉
——《舒卷覓餘情》代序

心水

內子婉冰的新著《舒卷覓餘情》付梓前，是由我協助編輯、排列目次，將她自選的四十九篇作品都貼在電腦螢光幕上。由於篇章不多，就依題目字數多寡排先後成書，省了分輯的麻煩。

從目次看、首篇是兩個字的〈靈夢〉到最後那篇的十個字；其中六篇的題目居然都出現了「情」字，最令我驚訝的是自己原來是她當年的〈咖啡情人〉而不知呢。

擁有如此一個嬌柔似水，情愛盈溢又文質彬彬的太太，不知讓多少友輩們既羨且慕！這位彷彿生活在古書中的賢內助、可能看了多次紅樓夢，也許前輩子真個是林黛玉的化身，今生輪迴轉世後，多少附有黛玉的影子。

體弱多病外，且多愁善感，雖早已過了「葬花」的年華，從人孫人女人妻人母到人祖，算起來是出閣前深深受到外祖父母及父母痛惜的幸福女子。不意婚後適逢越戰兵燹連綿，從安適的大少奶奶，至經歷無數生活苦難。三十餘載前怒海逃亡、淪落荒島十七日，渡過大難災殃，初履新鄉面對種種新挑戰，雖都能一一化險為夷，可說早已心力交瘁了。

幸而、婉冰自幼喜愛觀賞粵劇，與弟妹們都成了粵劇迷；且能無師自通，成為唱粵曲演粵劇的票友。在經典名劇名曲中，無意中吸納了古代劇中人的生、老、病、死、與恩愛情仇，讓她能明瞭如何笑對人生的大悲大喜。

在編輯中驚訝發現這冊散文集中，描寫其慈母的竟多達八篇，佔了全書五分一的文字，足見母女情深緣厚；自兩年半前先岳母往生後，我這位「仿似黛玉」的妻子更變得落落寡歡。每日晨起必面對其先父母頌經文，那份至情至孝頗令我感動。

各種文學體裁類別中、創作散文及詩作品，貴在有情，且必定是要有真情流露的內容，始算得上好文章或好詩作。不然、用再多華麗的詞彙鋪陳、也無法感動讀者有所共鳴。婉冰這冊收錄了四十九篇散文作品的著作，細心的讀者將發現，寫母親八篇外，尚有描繪父親的三篇，寫曾外祖母、外婆、姑姑、情人、外孫及烈士各有一篇，記與馬來西亞海洋詩人結緣、及悼念墨爾本知名大僑領梁善吉先生各一章。

略為統計，這本散文集中，撰寫人物多達十九篇，幾乎佔了全書三分一強的頁數；散文中的人物，必定是確有其人存在，絕非小說可以虛構或憑空想像杜撰。

真實人生中的人，每人都有不同的長相、性格、習慣與喜好。要表達其特出之面，就要看作者與該人物相處及關係，尤其是如何觀察其言行，才能活龍活現的描寫。

如「思親淚」對其先父的思念，突顯了嚴父對孫輩極為愛惜，讀以下這段：

下船第二天不幸遇七級風浪，家父撐開兩把隨身攜帶的黑傘，為瑟縮在一起的外孫遮擋雨淋。

祭祀嚴父辭世十二週年、婉冰對嚴父生前為人的描述是：

爸爸一生成功演繹各種角色，忠心熱愛自由民主，是兒孫們好榜樣。每年雙十節，總會出席慶祝，且把「青天白日滿地紅」美麗的國旗帶回家，掛在書架上。爸是爺爺奶奶的孝順兒，叔姑的好兄長，我們五姐弟妹的慈父嚴親，孫輩們最敬愛的內外祖父。

婉冰將其先嚴、一位海外華裔、難能可貴的始終堅持支持自由民主的形象突顯；難怪她在墨爾本參與多年僑團工作，在柔弱外表中卻有顆堅定不移的心，永遠支持淨土國度今世人享往的自由與民主政制。應該是與深受其嚴父教誨及影響有關。

由於我家族經營生熟咖啡、每天出入工地不知不覺整個人都被咖啡濃煙薰染；追求淑女時，竟不知已成為她朋友口中的「咖啡情人」？驚訝於婉冰對我當年竟有如斯的描繪：

戀愛時期、很欣賞男友縱容其咖啡馥郁特異香味，隨肺葉吐納頻頻輸送。任恣意穿越房舍，占駐空間，使沒人倖免。

看了印象肯定深刻，這位「情人」只要走到那兒，即有咖啡濃香「穿越房舍占駐空間」。

作為文集書名的篇章：〈舒卷覓餘情〉，讓讀者看到了一位「女書呆子」如何沉淪在書海中：

未識情為何物的懷春少女，竟讓書中主角的悲愁，牽引自己悲苦流淚。

她十四歲就開始捧讀一知半解的《紅樓夢》了，此後這部古典名著幾乎成為了她的最愛；前後閱讀了無數次。因此、婉冰不覺中早已深受「林妹妹」影響而不自知。她性格上的多愁善感、甚至身體上諸多微恙，或多或少都是沾了這部名著中林黛玉的感染。

婉冰自幼浸淫在古典文學中、除了大量閱讀外；更師從兩位國學名家趙大鈍老師、黎漢魂老師。打下了古文深厚的基礎，故行文流暢典雅，文章常令讀者咀嚼回味無窮，實非時下一般「不學無術」的所謂通俗流行、粗糙文章可比擬。

由於是家中長女，婉冰自幼在外祖父母家中成長，她的芳名「錦鴻」還是外公所賜；她外公當年富甲一方，極為痛愛長孫女婉冰並給予極嚴的「淑女」教育。其慈親早歲亦受著類似嚴厲家教，因此、先岳母年輕時是大家閨秀，婚後當老師，經年都穿上一襲婀娜多姿的旗袍，亮麗秀慧而成為學校知名「美人老師」。

作者對老邁慈親如此著墨：

> 母親滿頭梳理整齊稀疏銀絲，在閃閃發光，行動已要依賴木手扙。從前僅喜穿旗袍，日日梳理亮麗，捲曲烏溜溜頭髮已匿跡。無情歲月摧殘，奪取慈母昔日俏麗容貌；裹著瘦輕身體的棉布衣褲，更顯現龍鍾姿態。

歲月是人世間紅顏們的殺手，八十七高齡的老人，當年再美再俏，也早已被「無情歲月摧殘」啦。讀這些描述母女種種關係的篇章，讀者們將發現婉冰細膩的筆法，將其慈親多姿彩的人生重現。

只要打開婉冰這本散文集，真個如書名點題：「舒卷覓餘情」呢！除了寫與親人友好間的種種濃情外，其餘寫鳥、寫景、寫水、寫雨甚至寫夢，每篇每章也都盈瀉著滿滿的真情實意。真難想像作者的內心世界是如何充溢著濃得化不開的情與愛？

今年是我們攜手走過五十年的「金婚」紀念，彼此約定要以別開生面的「新書發佈會」作為慶祝儀式。到時讓親友們意外，也讓兒孫們能學習我們兩老熱愛書籍的興趣，養成終生閱讀的良好生活習慣。有了智慧和知識，才能明白孝道，做父母的好兒女，做社會的好公民，做國家的優秀國民。

感謝賢內助婉冰在風雨中與我牽手半世紀，對我不離不棄，並為黃家養育出三男二女，繁衍了六位內外孫兒女，真正是開技散葉，先父母與黃門歷代祖宗有靈、也必告慰於九泉，僅此代序。

二〇一四年元月廿六日、澳洲國慶日於墨爾本

（本文作者現為「世界華文作家交流協會」秘書長、「世界華文微型小說研究會」理事、中國「風雅漢俳學社」名譽社長。）

自序：金婚慶典的禮物

婉冰

自開始筆耕之後，至今日用十指在電腦鍵盤敲打，創作是輕鬆多了。完成三本拙著之後，已感文思堵塞，靈感忽然枯竭，就此我也日漸疏懶。常自找藉口，是暫時冬眠，是體康不佳，再休息些時日，定會從新創作。

為了鼓勵我這懶散兼才疏學淺，毅力不夠的人，外子常常勸慰，且頻頻鼓勵說：他也間或有文思阻塞時，慢慢又會重現湧泉了。遠在香港的尋聲詩社社長冬夢文友來電郵，勸勉千萬別萌收筆之念；辜負付出的心血，浪費曾經耕耘的成果，本社和讀者們都會失望。終於、我還是勉為其難努力擠壓，以生疏笨拙的手指，尋覓心中靈感泉源，坐電腦螢光幕前搜索枯腸，在鍵盤上若蝸牛爬動了。

書中的每篇散文，都是記述我的心跡，撰述我的人生經歷；故都非佳作，僅是以我手寫我心，記錄平凡生活中瑣碎的點點滴滴。曾是怒海餘生的僥倖者，自有訴不盡的種種苦難歷程，當然也因此而豐富了難民的特殊人生。可惜當時年幼的孩子們，移居澳洲後、成長期被幸福和自由的新鄉薰陶，對過往苦難大概已不留痕跡了。

雖然舊夢不堪憶也不該記，但我依然希望他們記得父母的來處，也記取「苛政猛於虎」的古訓，若不幸再逢此災禍，早為他們的下一代著想。所以用文字堆成不滅的烙痕，是留待後輩銘記而已。

文中也有我在新鄉走過的印痕，在人生舞台演繹過的每一角色，不算是為後輩子孫們留下好模範；最要緊是讓他們明瞭，我是從正道上慢慢艱辛的一步一腳印過來。當年困苦時，為了謀生活，比太陽還勤快；每天摸黑上班，沐著餘輝回家，沒有空餘把孩子好好的照顧，這該是我此生的遺憾。現今孩子已各自成家立業，僥倖都是走上正途；讓我對天地，對這社會，和所有認識的親友有無限的感恩心。算是我這生中，最感到驕傲和滿足，此生真是再無所求了。

適逢今年是結婚五十週年，世人所謂的「金婚」。這原是我家庭的喜事，絕不敢勞師動眾的大排筵席宴客。外子心水提議用另種方式慶祝，每人出版一冊著作，聯合舉辦新書發佈會作為金婚的慶典。邀函以慶金婚之名、聲明不接受親友們任何賀禮，讓賞光來出席的友好們意外，能撥冗光臨已是送我倆的最好賀禮了。

因此、我又收拾懶散心境，從冬眠中匆匆醒轉。忙碌地以笨拙的手指，擊碎快要結成冰塊的靈感之泉，搜索發掘枯乾的思潮，埋首於文字堆裡創作。

能成此書，首先要感謝外子心水，他不停鼓舞和日夕催促、並每篇認真地校對，百忙中為拙書編輯及撰寫代序，雖笑說是金婚的禮物，書成也算是一份厚禮呢。感恩「武漢中南財經政法大學新聞傳播學院」院長胡德才教授，為拙著賜贈鴻文，並以此文慶賀我和外子的金婚，讓本書添彩增光。附錄美國吳懷楚文友為去年拙書「微型小說集」惠賜書評，謝謝。

當然最要感謝台灣秀威出版社不嫌粗淺，投資金錢與寶貴時間讓本書能順利面世。更要衷心感激愛護我的各地讀者群，萬分感恩讀者們在我的寫作路途上，對我不離不棄；增加我對自己的創作信念，才能夠持續地撰作。最重要和期盼，是能得到文壇上的前輩先進們，給筆者更多的批評和指導，讓能多加受益，謝謝。

謝謝孝順的子女們、操辦此次別開生面的慶祝金婚新書發布會，亦感恩所有出席心水與我的金婚慶典的長官與僑領們、親朋友好們！最後懇請務必抽空舒卷，看看筆者的餘情。

二〇一四年二月生朝於墨爾本

靈夢

作者外婆與弟弟伯誠。

那狂風彷若受傷的猛獸，奮怒地不停吼叫；暴雨也不甘示弱，正放縱傾盆倒瀉。忽傳陣陣急速的敲門聲，把我從甜夢中驚醒。

看檯上的座鐘，是凌晨三點多，這時刻怎會有訪客？心裡忐忑不安，猜不透誰人冒雨深夜造訪。掀起窗簾往外細瞧，竟然是外婆那堆滿歲月的慈顏，正狼狽抖擻斜倚門前。

急忙開門，將老人家扶進客廳；只見外婆全身濕透，且不停顫抖。不及請問原由，趕快替老人家換上乾衣服。以電爐煲熱茶，一邊用毛巾擦乾稀疏的銀髮。

外婆面容淒楚，以微弱的話音訴說：原來老人家的房子有破洞，雨後污水積聚難退，雙足也因浸泡太久，而至腳部腐爛。屋內已再難以棲身，僅能日夕躲在別人的屋簷下。

驚聞如此的悽悽涼涼的苦況，我已摟著外婆哭不成聲了。邊為老人家和自己拭淚，又趕快拿出藥箱為外婆處理潰爛。那腳面損爛程度，幾乎難覓原好的肌膚。我再難強忍，再悲悲切切，緊緊擁抱外婆放聲大哭。

忽然、外子心水在大力搖晃，連疊不停的呼喚；要我趕快醒轉，怕過大的哭聲，把熟睡的孩子驚嚇。他輕輕撫慰，知道我又被前晚的同樣夢境弄哭了。我起床舉目巡視，窗外月色正濃，群星耀眼，那有狂風暴雨？床頭的小座鐘正顯示三點十五分，我再難成眠，夢境在腦中巡迴不散。

對外子深感抱歉，連續兩個晚上，都把他吵醒。重新拉好毛毯，假裝睡了。腦海卻反復思索，何故夢境重復，又如斯清清晰晰，醒來仍是記憶完整；歷來殘夢皆無痕，或是零零碎碎，難以拼合。為此，整宵輾轉到天明。

第二天清早，匆匆回娘家，把連宵噩夢告訴母親。家人都感奇怪，各人心裡加添愁緒。屈指細算，外婆辭世已整整七年了。

因家母是外婆的唯一女兒，受外家的無限寵愛，故我這長外孫；自小便在外婆家成長，備受疼愛。尚憶結婚時，外婆要佣人平姐跟隨到外子家照料。每當我的孩子出生，外婆必乘三輪車到我家，親自替嬰兒淋浴，總不肯假借僕人或褓姆之手。老人家認為嬰孩皮膚幼嫩，不能粗心大意。並常常親自為孩子縫製衣裳，衣料也精挑細選。

子女上幼稚園，外婆又會風雨不改，攜帶水餃、甜麵包，或西餅，坐在校園等待孩子下課的休息時間。所以孩子對曾外祖母的印象，非常深刻。外子對我外婆也是非常尊敬，事事言聽計從，使我感激和欣慰。

夢後翌日的下午，約了家母和妹妹拜祭外婆。到了堤岸近郊平泰區的華人墳場，在稠密的排排墳墓中，尋覓外婆的墓碑。此地除了清明重陽，平日寂靜無人，僅有間中出沒的痲瘋患者，和不知名的鳥啼蟲鳴；蕭索寂靜的環境，足夠使我們膽戰心驚。在亂草叢裡細找，終於看到外婆那座已傾倒的石碑；從泥地上裂開的缺口，可見浸泡在污水裡的棺槨。至此才領會夢境的啟示，是多麼靈驗和真切。

請來管理人員把積水抽出，重新豎立石碑。並請代把模糊的字，再塗上紅漆，鏟除四周亂草，讓外婆舒服地長眠，不再受風雨侵擾了。

本人愚蠢，對各宗教的深邃道理，總無法窺探洞悉，更無能歸隊排班。但深深敬仰各宗教創始者為善的苦心，勸人絕惡的宗旨。故不是裝神弄鬼之輩，事情就是如此發生，我絕對不懂和更不能解釋，卻讓我永生難以忘懷。

蒞澳後，是千山萬水相距，是魂魄艱難飛越吧；我日夕期望至親至愛的外婆，能讓我在夢中相聚，竟是日夕空盼妄想，夜夜都是渺渺茫茫。

二〇一三年深冬八月重修

墨爾本四大資深美人，右起陳世愷夫人、婉冰、黃敏斐、鄭毅中夫人。

水之緣

自荳蔻年華始，對水之湄或泳池總患有驚懼感，勿論親友強拉或細勸，皆不肯就範。常言「智者樂水、仁者樂山」自知非智者仁者；但內心對山水極為嚮往，尤其山明水秀之境，是我最鍾愛的地方。

惜山高難攀，孱弱體質如我，徒然望山而嘆！心裡卻多麼渴望能夠捉摸海中小魚海藻海螺等等，尤其羨慕彩色泳裝嬉水的美人兒。可惜、每次海灘之旅，僅能獨自徘徊漫步堤岸；嬉戲於湧進的潮水旁，抓弄幼白的沙粒，呼吸清新帶鹽味海風。渴望在海中嬉水人群裡，將會有廁身其內的自己。縱使碧波蕩漾的海，對我有無限誘引，卻闖不出心魔作祟，難以跨越久築的厚厚心牆，以為今生和水肯定是完全絕緣了。

大家認為我是經歷怒海餘生，對變幻無常浪濤，浮沉怒海，生死難料的那段日子，烙下了終身驚怯痕跡，甚至永世忌水？「欺山莫欺水」此語深信諸君定耳熟能詳了。

好吧！讓藏匿數十春秋的秘密狠狠揭開，這正好搏讀者友好們一笑……

那天是正月初三，一群中學生組織郊外划船之旅，兩艘木艇載著青春男女的歡悅聲，穿插於間植通心菜河塘。混合男女的歌音，劃破無雲的長空，讓棲息田田蓮葉間的數隻水鳥被驚飛了。

朵朵粉白帶紅清蓮仰首接迎，含羞之態正好為女生們花容添色；翠玉蓮蓬鑲著飽滿果實，恣意拂打船沿，挑動饞嘴的少年們，難抑順手採摘。把顆顆雪白鮮蓮子細嚼，那道清甜流進肚腸，讓忘憂一群笑語更歡暢更盈滿青春。就點滴動作一句笑語，也難禁前仰後仆歡呼推撞。急劇搖動的艇身，會引來女生們膽怯嬌呼大叫，自然又轟起男生更響亮笑聲了。

迂迴於曲尺水徑，兩句鐘租貸時間迅速已屆，紛紛棄艇登岸。搖撼不停的船身，使完全不懂游泳的我極度害怕；最後與小艇齊齊翻轉，各位可想像當時下沉的驚呼和著咕嚕咕嚕吞水聲的驚恐狼狽相。說時遲那時快、立則上映一幕英雄救美。黃姓男生勇敢地跳進水中，緊緊拉著我一同沉落。岸上的慌亂呼救聲，漸遠又漸遠，剎那我的神智陷入空白；救醒時看見全身濕漉漉的英雄，原來他也未諳水性，他就是就讀在福建中學，隨友人來參加郊遊者。終於被他感動了我，選擇隨伴今生的外子心水。

十多年前因工傷留下後患，藥油藥膏試用數月，仍未見效。僅遵從物理治療醫師數番提議，最好選用水治療之法，而且要持恆才見效。我立刻搖首反抗，乖乖！不得了呀！本人已聞水色變啊！

痛疾越變越壞，疼痛常會在寒冬更甚，尤其冬雨可惡地纏纏綿綿，不休不止傾灑季節，倍感煩愁。是否痊癒無望？與好友黃敏斐談及痛患，有古道熱腸的她，即組成四大美人「嬉水團」，邀同閨中密友陳太、鄭太等實行每週一次泡水之約。互相督促鼓勵，祈盼假以時日、四大「資深美人」會體態苗條且強健，自然心境也會煥發青春。

每次換上泳衣，在池裡行來又行去，擺手又踢腿。雖然沒能像游太太般美人魚泳姿，芙蓉出水嬌態；若偶然勇敢地浮游幾步，是足令同伴鼓掌。就算只懂撥水徘徊，也很享受當「巡場林」（秦祥林是台灣七十年代明星）的滋味，走來巡去觀察全池。看著陳太、鄭太也略展泳術，我也只好放膽效法。現在我已漸漸破除心障，自由自在地浮走在充滿消毒藥味碧水淺池中。和水結緣開始後，竟熱衷祈待每週泡泳之約。原來「緣」的魔力讓人無法拒抗，本以為緣不可亂攀，世事本無常、水緣是攀定了呢！

二〇一一年仲春於墨爾本

思親淚

父親棄世十二週年了，每次觸及與家父有關的人和物，心胸仍感陣陣悲痛，雙瞳盈滿思親淚。孩子們甚能體會為母心境，皆有默契避談外公生平瑣事。

曾經痴想老父是出外尋根，流連家鄉樂極忘返。猶憶數年前、家父初履廣東南海縣西樵鎮，祭祀宗祠時，爸爸非常激動，雙瞳含淚欲滴，會鄉親見族人，過了一個忙碌熱鬧的歡樂假期。返美時隨身所帶的錢、手錶、鋼筆等等，全數送給親人，還津津樂道，終於圓了平生返鄉願望。之後、頻頻與國內親人通電話，捐出款項為修飾宗祠的事忙。很久未接父親擲賜信函，總以為我這遠居澳洲的女兒已被遺忘了，內心泛起失落之感。

尚憶逃離苛政，投奔怒海時，家父怕健康較弱的我，難以照顧五名年幼的兒女，決定和母親及二妹陪我一同逃離越共區。並且每天與外子擠在長長人龍中，僅為循正常手續出國，免闔家十口受被浪濤吞噬之險。因為五妹已從美國寄來兩家的入境批準，我們對移民美國，充滿希望。惜事與願違，美領館因求助人數太多，已匆匆關門了。

那與驚濤駭浪搏鬥的日子，爸爸默默守護我和孩子們。下船第二天不幸遇七級風浪，家父撐開兩把隨身攜帶的黑傘，為瑟縮在一起的外孫遮擋風吹雨淋。雖然已昏得不停嘔吐的我，真想緊抱爸爸道謝，忍不住低聲飲泣，讓雨水和冷冷的淚交融。父親平日對朋友非常闊度慷慨，且相識的人甚多，船上也遇上很多位世叔輩。他們若有多餘的食品，定分送給爸爸，但老人家半口未嘗，都讓給孫兒裹腹，自己寧願強忍饑腸。

難民需要有人管理，外子忙著負責全船的種種事務，把我等都讓家父照顧。看到爸爸日漸消瘦的身軀，使我無限的慚愧不安。幸好孩子長大後，對外公外婆是加倍的敬愛，算是讓我心稍感安慰。

這回老父真的遺忘塵世了、日夕期盼夜夜駕臨夢境，總以為父親肯定明暸，兒孫們憶思之情多麼切切。但夢來夢醒，嚴父卻蹤影渺渺茫茫、魂魄遍尋無跡。

那天購得海參花膠，默默照家父留下之法烹調，邊做邊含著淚水，難抑滿腔思親情緒。孩子享用佳餚時誠懇批評，認同未及外公廚藝。對著冒煙香味飄浮的湯，頓像骨梗在喉；再難下嚥，哽咽飲泣沒法自制。原來孩子內心深處，也在思憶外祖；家父精心泡製的菜餚，是沒法媲美和取代的。

爸穿睡衣在灶前轉身，遞給我一杯他親自泡煮濃香越式咖啡，近年忽然常在我夢境徘徊。那身形面容動作姿態，和生前相同且非常清楚。景象彷彿是用刀刻銘於心內，永遠不能損滅。

兩年一次歸寧遠赴美國，弟妹們都會非常羨慕地訴說；爸爸為了接我回娘家團聚，天天忙著採購食品海味，而從未有半點吝嗇。回娘家歸寧的日子，好像未出閣前；真是最高享受，最感幸福時刻。老父每天頗費心思為我烹調美食，連鄰近親友也可沾光，大飽口福。

當晨曦初現，空氣飄傳陣陣雞湯香，夾雜濃濃咖啡味道把我催醒。使我回復少女被寵慣的嬌爹慵懶。父母慈愛讓我沐浴在幸福中。許是宿夜思想過濾沉澱後，把父親料理早餐的身影，更清晰地牢牢鑄入腦裡。

家嚴體格健壯，從來病毒難侵。記憶中父親僅一次病倒，飲食不進；因南越淪陷後、為了逃避苛政，四弟首先乘漁船逃亡。慈父望穿秋水，久久音訊渺渺茫茫，而因憂慮悲傷所致。相反的小病未輟的家母，三天兩曰吃藥找醫生，被爸戲說是勇敢試驗體。夫妻相守半世紀多，未諳廚藝與爐灶沒緣的母親，突然失去照顧無微的老伴，難怪常常訴說日子活得好苦好無奈了。

當父親好友世叔世伯們，賜來電話閒聊，談及先父生前事蹟，彼此啞然無語，僅低泣或長嘆和唏噓，都懷念珍惜那段永存的友誼。爸爸一生成功演繹各種角色，忠心熱愛自由民主，是兒孫們好榜樣。每年雙十節，總會出席慶祝，且把「青天白日滿地紅」美麗的國旗帶回家，掛在書架上。爸是爺爺奶奶的孝順兒，叔姑的好兄長，我們五姐弟妹的慈父，孫輩最敬愛的內外祖。廁身社團，處事公正無私，常常以助人為樂。任職加州印支老人會時，因手握財政，對所有的開支，都很認真，按收據才肯支付，故贏得「葉青天」美名。其這生走過的足印，皆是平穩稱職，受人們敬重的。

平生樂善好施喜助人的慈父，終於拋棄塵俗瑣務，長眠翠茵舖蓋下、拂柳臨湖鳥聲啁啾的斜坡地上。這塊位於加州，佔地寬闊華族墓園，左鄰右里，儘是爸爸的親友，處處可覓友誼，深信老人家不愁寂寞了。

轉瞬間週年忌辰晃眼即至，遠隔千山萬水，未能親率兒孫到墳前叩拜；心內重觸傷痛，難抑血淚交織情懷。爸爸匆匆辭世，身為女兒未克盡孝心反哺深恩，能不肝腸裂痛。哀思親恩未報，此生更添慚愧。

親愛的爸爸，請容許不滅心香遙奉，鑒我思親情切，請夢中啟我愚庸，爸爸、爸爸請您安息！永遠安息吧！

二〇一〇年元月先父十二週年忌辰前夕、於墨爾本

鳥之家

每當晨曦初現，或黃昏降臨時，後院天籟鳴奏，百鳥爭唱。那悅耳之音，頓助灌滌空巢期的煩憂，排解世俗種種無奈。

我家後院濃蔭蔚然成林，是果樹欠序縱橫纏綿所致。兩樹無花果倚仗數十年老態，總要伸豎幼枝，強蠻地肥葉擴展，把桃杏緊緊欺迫強奪陽光。連自誇粗壯的枇杷，也被無花果仿若小盆的葉片遮蔽。她還恣意大字般伸展，把枝葉強架在有刺檸檬枝椏上。其肥碩身軀仍在不輟地增高，使藍天硬缺了一塊。仍沾沾自喜，洋洋得意地迎風賣弄，舞出各種笨拙姿態。

種種現象追根究底，要怪我和老伴了。本來已未諳園藝，又素性疏懶，兼動作遲鈍；且頗重視我國乃禮儀之邦，夫妻間總是相敬相互推讓。唉！於是、放縱群樹任其發展，我倆日夕只好望園輕嘆。

何日何時，群鳥竟相約結伴光臨，精挑慎選茂盛枝梢為棲息之所，參天樹頂，倏然成了牠們築設新巢所在。於是終日週旋翩舞，啁啾鳴唱，鳥語敢邀晨曦競早。偶然早起，靜坐客聽也可聆吱吱喳喳酬唱。

晚餐後、勿論是寒天或炎炎夏日，外子總匆匆急步後園，流連忘返。跟著傳出斷續串串口哨聲，內心不禁疑惑；莫非芳鄰洋小姐具嫦娥容姿，教老頭子難禁春情蕩漾。是洋花難奈寂寞，抑不住想效法紅杏過場？所謂好婦不吃眼前虧，直趨廚房，從窗傍窺探。噢！哎！了不起呀！原來我家有位「公治長」。外子正與群鳥共樂，彼此正努力溝通交談。圍繞腳邊各式雀鳥，他仿如自封鳥王了。草地亂散堆堆白飯和麵包屑，木桶內清水盈溢，像是鳥王夜宴，請群臣進餐。本以為只群群灰墨色小醜鳥，誰料彩色繽紛，羽毛美麗的鳥兒也紛紛應邀赴宴。牠們自由啄覓所愛，飛高躍低舞動，互不侵犯。若換了是人類嘛！一塊肥肉，誓必你爭我奪。既是名利相關，何妨力爭至你死或我亡。

忽然、外子呆立著默默思想，正像老僧禪定，又好比讓武林高手點了穴道般。靜候片刻的我，也忍不住好奇，移步至後庭發問。原來他百思不解，何故雀鳥多對盆中清水沒興趣。聆言後頓讓我縱聲大笑：「傻瓜！真是老痴呆，細想吧、誰肯跳入盆裡自殺？這小桶在小鳥眼中視為小池。雖然俗語云：人為財死，鳥為食亡。也不至於為了喝一口清水吧？」外子終於被我出言灌醒，趕快換上小碗，展顏靜靜等待百鳥「乾杯」。

鳥群選擇居處，願築巢我家後院，是因為主人好客，沒有殘害之意，且溫飽無慮。也正如昔年船民投奔怒海，選定墨市為我闔家避秦之所般，因為主人歡迎我們，讓生活安定。孩子能在自由國土成長，活得安寧而無所驚懼，是船民眼裡的「桃花源」。雖然未能有所圖報，但我們皆尊重其法紀。常常訓誡兒女，即使未能期望能兼善天下，也要做到獨善其身，做一個好公民。

沉思被吱喳啁啾鳥歌喚醒，空巢能招引鳥鳴雀唱，黃昏暮境增添熱鬧氣氛，不覺也忘形地低聲哼唱。忽然，腦際湧現兩句醒世之語，總想不起其出處：

痴子！世界原來是大戲臺，無須掬淚。
傻瓜！戲臺本來是小世界，且宜佯瘋。

婉冰與心水儷影。

咖啡情人

咖啡情人是同學們送給我男友的稱謂，因為他所到處，皆充溢濃烈咖啡香，且浮游於空氣中，歷久不散。

那股獨特香味，竟誘發我日夕思念，讓我漸漸墜陷情網，而自願沉醉成為當年的咖啡嫂。

戀愛時期很欣賞男友縱容其咖啡馥郁特異香味，隨肺葉吐納頻頻舒送。任恣意穿越房舍，佔駐空間，使沒人倖免。卻像耍弄魔杖般，把本性慵懶羞怯的我改造了；變得活潑健談，甚至敢喁喁傾訴，使少女情懷，剎那間被焙燻成熟。

原來夫家是經營生熟咖啡行業，生意興旺；每日加工焙烘咖啡，產出數量不靡。廁身此處的家中成員，日積月累地呼吸這濃濃香味，已深深潛埋於體內，彷彿我們皆是用咖啡捏造而成。勿論置身何處，散發香味，讓素對咖啡愛好者垂涎；深信就算在魚市徘徊，也會把腥味掩蓋了。

自嫁入黃家，生活習慣隨著更改；早餐每人一杯濃濃奶啡，仿若是鐵定的本門家規。久而久之，已養成習慣，是日不可缺必需飲品，漸像癖好者若少了一杯香噴噴煉奶咖啡，便整日精神頹喪，瞌睡連綿。家姑常常掛在唇邊的大道理，身為咖啡行子孫要學懂享受咖啡樂趣；所以、孩子們出生才數月，家姑便用小匙點滴親餵。我內心是絕不認同也只能抑制。看到孩子未解滋味地咶啜，總是萬般無奈。

每天家翁親自在巨型烤箱旁督工，不辭勞累；在熱氣蒸冒的咖啡堆裡，細心檢視其成熟率，能否達標準規格。看著他高碩軀體，彎低踞下姿態架上眼鏡仔細審檢未夠火候的豆粒時；霜鬢上佈掛顆顆汗珠，那正好迴應加工房的空氣，那一片熱騰騰白茫茫昇起的裊裊煙絲，汗珠才慢慢待機滑落。

巨桶咖啡粒隨軸轉動，烘烘燄火努力伸吐火舌，怎能讓操作者不汗流夾背呢？豆粒於桶裡互相擠迫，如是彼此決鬥，發出清晰劈拍響音，家翁卻凝神側耳聆聽，他懂得憑聲響與辨別冒煙密稠，已知豆粒成熟程度。當工人倒出幾近黑色的豆粒時，要立刻用鐵犁撫平。家翁又蹲下堆前，小心地在冒煙咖啡粒中挑撥檢摘半熟豆粒，這時，外子心水定在旁幫忙和學習。如斯吸納其香，怎不成香噴噴咖啡情人呀！

老人家本可閒逸地在冷氣室內指揮，不用勞累地親力親為。每天工餘，當他頻頻搥背搓腰時，讓身為晚輩的我們都感慚愧。當選購生咖啡粒，他會加倍謹慎，每包抽出審視。他常常教導三位兒子說：「挑選咖啡品種，猶如你們選擇情人般，內外優良兼備，因品質好壞將會影響店裡前途。」

一九七五年四月南越淪陷後，百業頹廢；商家們只盼能保平安，均結束營業，苟且求存。大家老店與分行也匆匆自動關閉，從此，工場被冷落空置了。家翁對即將拆除的爐灶，徘徊撫摸，依戀不捨之情盡呈現臉上。倏然咖啡豆被烤的飲泣聲已成絕唱，但室內仍殘存隱約餘香；陪伴家翁解不開的情結，是引發家姑日夕連綿嗟嘆！

時至今日，散居德國、瑞士、美國和澳洲等地家庭成員，早餐桌上永遠不缺各人一杯香熱奶啡。外子逛百貨市場時，都會流連於咖啡擺架旁，仿若重睹舊情人。若逢聞到散發的陣陣咖啡香味，又會牽引他掀起那頁塵封往昔，定以為是重臨舊地，廁身遙遠的工場了。唉！我的咖啡情人呀！為何仍未明白，昨日之日是無法挽留啦！

二〇一一年六月重修於墨爾本初冬

作者（左二）與父親及五名兒女攝於1979年印尼耶加達。

天涯放逐

那畢生難忘的一九七八年九月，那個無星缺月的晚上，經歷怒海拋浮七級風浪，死裏餘生的我們；終獲允許得印尼和聯合國妥協，允許棄船泊岸。各難民歡呼互擁，甚至跪拜哭泣，那幅刻骨銘心景象，永遠駐停腦裡烙在心坎。

回溯那整月日夕在海天相接，茫茫汪洋中的絕望，任波濤戲耍的無奈；雖然終於能在荒蕪小島暫棲，沒糧缺水種種悲苦，是寸管難描，罄竹書不完。能棄船登岸，皆有重生喜悅，身疲力歇涉水渡珊瑚潮，一群可憐者那管腳底流血，皆紛紛倒臥沙上。

開始十七天望海等待，祈盼過往能見船桅或帆影的心情，真可稱回首不堪。身處淒涼日子漸趨絕境的人，都變得沉默；僅深宵同對星月無言嗟嘆，寒酷海風也難禁陪伴嗚嗚低泣。幸好被一艘星藉潮州漁船偶然發現，贈送整船鮮魚解飢。日夕男士成群結隊圍繞收音機，是為聆聽聯合國有否挽救我們的消息？

終於、一艘印尼七千噸的巨型軍艦，把可憐的荒島放逐者全部釋放，被轉送至印尼小島「丹容比娜」新建難民營。印尼藉島民也頗貧困，衣衫襤褸骯髒。房子皆木牆鐵蓋，如此酷熱地方日夜受烹蒸之苦，竟活得和船民平等。除了部分以木架檔位出售食用品外，多是游手好閒者，猜不透他們何以能維持生活？

據說印尼華裔，操縱斯國經濟，多是豪富商紳。但在這小島的部分華人，仍居茅房趿木屐，是一幅貧民寫照。此島酷熱氣候，草木俱枯，井水污濁，荒蕪人稀，但在我們這群曾與驚濤駭浪掙扎，怒海餘生者眼中，正像到了人間天堂。

因商借洗澡間而認識了一位年輕潮藉婦人，她以其破碎家鄉話與我交談，使我這廣東婦頃刻感溝通困難。她和兩位稚齡兒女，長年活在凸凹不平泥濘地的茅房內，守著塵跡密佈粗質家俱，安份等待到城裡謀生的丈夫，好像古時故事中的薛仁貴之妻，苦苦候在茅廬。島上沒學校，島民多數文盲，究竟他們如何教育下一代？是我們埋在心中疑問。

島上設有簡陋木廠、雪廠，廠後那片倖存綠州，成了船民避暑別院。這裡欠缺醫療設備，萬一得病便以土法或生草藥救治。惡疾者，便載往一句鐘車程小鎮求醫。想及疲弱病人，被搖撼不停的路程折騰，令我不敢再想像。

為了讓難民的孩童能繼續學習，我們在難民營後開辦兩中英文班，由學識豐富者自動請纓。從此、朗朗中英文讀書聲，您悠悅耳的歌調民謠，常常吸引居民圍觀。我們表示歡迎他們加入學習，可惜島民對難民有所誤解，彷彿我等是流氓或土匪，皆禁止他們的孩子接近營地。

雖然現時我們散居各國，都幸運地重組家園，呼吸著自由民主空氣。間或會憶及小島群居生涯，猜想現今島民生活可有改善？那群已長成的人是否擺脫文盲？

掀閱舊照片，重睹那段生命轉捩點，逃亡辛酸血淚史。老照片中穿白色波恤，臉呈堅毅的家父，早已撒棄塵世。和先父並排而立者是作者和五名兒女，現已成家立業，且共為我增添六名乖孫。相片背景的排排殘破廠房，該也被拆掉改建？剩下了歷史般僅留追悼的痕跡了。

二〇一一年九月初春重修於墨爾本

明月情懷

年年農曆八月十五日，為中國家傳戶曉的中秋佳節，是闔府團圓的好日子。家家戶戶的庭院都會擺上月餅、菱角、柚子、芋頭等供品，舉家一起賞月華猜燈謎，老少團圓圍桌吃月餅，談笑中樂也融融。

當天幕把明月推出，一輪清輝普照大地，家人共聚庭中，同賞月華。烹茶吃餅，戶戶呈現幸福的闔家歡。真也奇妙，除了罕有的連夜狂風暴雨外，微雨是永遠擋不了雲破月來花弄影的景象。這中秋夜的月華特別圓滿，她會放縱把光芒灑遍大地。難怪當年詩仙李白在醉醒間，竟敢邀約月華同醉共舞了。

年幼時中秋夜，園內擺設的各樣食品，都成了誘惑人的香餌，把中秋那圓圓無缺的皓月，深深地刻印心坎裡。

現今突飛猛進的科技，可以說已達日新月異之境了；火箭降落月球，虛幻的月宮寶殿傳說，已被徹底摧毀至蕩然無存。什麼「嫦娥奔月」？可惜傳說中的嫦娥，也被太空人放逐回太古的地方，金兔銀斧皆成飄渺神話了。

但人們對中秋佳節，仍然熱切的慶祝，尚憶年輕時正在熱戀的我們，總把自己裝扮成美麗的公主，在月下等待白馬王子翩翩而至。專選擇月下對月盟誓，邀請月華見證。此志不移的痴男怨女，蓄意將此日更加倍粉飾美化，所謂「月上柳梢頭，人約黃昏後」也，讓其充滿羅曼蒂克的情調。

真的、中秋節常湊巧發生的事，會教人一生難忘。就像逃難時，我等那夜在「南極星座」貨輪上的遭遇，是印象最深刻……

那夜、狂風暴雨專橫，撩起七級海浪，全船可憐的逃難者，被摧殘淋潑，多數已抱著懨懨病體。忍受透骨的冷凍，強抑饑腸，但心裡皆慶幸仍然生存著。男女老幼緊緊挨擠，企圖與風浪頑抗，共同阻擋風雨的侵吞。胃也隨浪翻騰，穢物四濺，處處競傳呻吟嘔吐和怨罵聲。稚幼的孩童，未解逃禍的驚險，竟為飢寒難耐，而至此起彼落的高呼大喊，更牽動大人們的低泣和嘆息。

午夜時，雨停風收浪靜了，飽滿的月姐展露艷顏。她以其無限的柔光撫慰我們，憐惜這班拋棄家園的苦難人，用皎潔光輝映照海面。彷彿施用魔法，把充滿希望千萬燈火點亮。月影浮游不止，又像驟然傾瀉的銀帶不停舞動，領導已失去信心的一群，甘願為我等護航。剎那間、萬物通靈，彼此歡呼音波，擊破本來可怕的靜夜。大家不約而同的湧靠船舷，向遙遠的海天一線處，真正透出排排燈火歡呼，大眾渴望多時的海岸張望。

是誰想起月餅，才知道是中秋夜了。彼此不禁懷念年年此夜，闔家圍桌賞月，歡談樂聚的情景，心裡倍感淒慘。幼兒明仁倚懷撒嬌，不停追問何時才買好吃的月餅？又問是否在燈火燦爛的對岸？我含糊回應，未忍驚散孩子的童稚夢想，實情如此，馬來西亞的國境已在視線內了。

可惜、僅能「望岸」輕嘆了。整船難民們沒有能力達成大馬海軍的需索要求，窮困的一群，在戰艦槍砲下被驅逐，令船長立時駛離其海域，我們的貨輪又乖乖地重新駛回公海了。

從此、我們常常對月思念親友。像浮萍四散的家人，算是別時容易見時難了。尤其是長輩們，多數已漸漸辭世，離開這自由的第二故鄉。現在、任教晴空萬里，月華皎潔，或雨暴風寒，我內心間或總被勾起絲絲愁緒。連往昔愛月遲眠的情懷，也悄悄凝霜冷凍了。自從父母雙亡，弟妹各國散居。再想一家老老少少齊齊共聚，像在越南時的情景，是談何容易之事呢？年歲漸大的我，越怕被月色撩動，已經不起月影弄人，徒自倍增思親之悲傷了。默默誦讀白居易先生的七言詩：

時難年荒世業空，弟兄羈旅各西東。田園寥落干戈後，骨肉流離道路中。
弔影分為千里雁，辭根化作九秋蓬。共看明月應垂淚，一夜鄉心五處同。

吟誦完名詩、不意念及弟妹們在美國、小妹妹居香港、長女落戶舊金山，三子長駐新加坡、幼兒奔波於東南亞各國；外子的弟弟皆在德國或瑞士，我兩老的空巢，卻在世界最宜居的淨土墨爾本，細細算來，一夜鄉心又何止是五處同呢？

二〇一三年九月，農曆中秋節於墨爾本

作者遊長城留倩影。

拾翠尋春

墨爾本春季是從九月開始，日長夜短，朝陽勤快稱職，跨越五點鐘，人們便可享受晨曦透出的柔光，催促喜晨運者起床。為了補救日漸老弱的體康，只好意志配合行動，每日沐清風披涼氣寒霧，悠然地徘徊數度附近的長街窄巷。

屋前寬闊車道，兩旁種植嫩翠初展的楓樹，有序並肩排列站崗。春風未解溫情，強把新葉恣意搖撼，招引其頻頻戰抖沿街，頓起瑟瑟沙沙之聲不絕。恰巧與百鳥吱吱喳喳鳴唱，合奏天籟之調，共譜美妙早春交響樂章。

急步邁進小街，家家戶戶甜夢未醒，極目盡處人車皆渺。天地是那麼寧靜，景物竟如斯悠閒，唯有孤獨如我，隻影漫無目的移步。忽然被那份寂靜，勾起內心陣陣恐懼，彷彿仍處身於戰禍連連的故鄉。偶然傳至聲聲犬吠，頓使我驚喜已脫離苛政，呼吸自由空氣，是活在民主國土中了。

群花也像因我的恐懼而驚醒，展示美麗笑顏撫慰相迎。沿途目不暇給、遊目貪婪地瀏覽再瀏覽，徘徊復徘徊，迷醉家家戶戶園中嬌俏逗人的花容。數株傲然昂首的天堂鳥，是對晨曦的戀慕，或不捨正淡淡退隱的殘月，正欲展翅高飛。

那頑童般的紫藤，悄悄左右爬擠，意圖偷佔杜鵑空間，又像要拚命將花魂漸散的櫻花樹纏死。淡雅茉莉默然含羞姿態，恰勝玫瑰冶艷濃妝。嬌小薔薇輕輕偎倚劍蘭，妄想魚目混珠，讓途人錯當是小玫瑰，卻又悄悄驚怕晨風不慎使香魂吹散。

淺紅粉白桃李，爭先向天際撐開花傘，她們正在忙碌眩誇繽紛彩衣後，競相播散芬芳，是否為酬謝惜花者欣賞。我忘形駐足凝注眼前美景，竟至失檢點，效法浪蝶狂蜂，低首往花芯偷探。

戶戶前院新萌翠嫩茵草擎著宿露，為邀寵於春光相互閃耀光芒。猶如誰家倒瀉了寶石盆；忽藍倏紫，是金或銀，顆顆透剔晶瑩，讓人疑真又似幻。未敢移步，躊躇思量，就恐驚散眼底無限春光。深深吸嗅混雜的百花香，還合滲著冬盡剩餘寒氣。讓頻頻噴嚏，終於醒悟，畢竟我是患有花粉症鼻過敏者也。

墨爾本擁有頗多奇花異卉，被公認為「花園之州」，真是名符其實。勿論城鎮或鄉郊，大街小道，都有序地遍植參天蒼翠，連綿未輟。就是商場裡也留有空間，皆多植綠株點綴，以方便拼搏購物的顧客，有小坐休息的地方，處處充滿室內園林效應。

任是平房公寓或華廈，戶戶門前花樹不缺，四季花色輪流交替，四季皆能彩色繽紛。空氣常新的墨爾本，已達城市鄉村化，村鎮內相對也是每處充滿城市之景觀。

厚顏的我自封為巡撫官，專責日日檢視芳鄰園林景物變幻。憐惜和慰藉瓣瓣無奈飄零的落英，為了追看那彌留的最後容顏而憑弔感傷。或為朵朵含苞待放花蕾，展現迎接春臨的笑顏。

總感萬物通靈，懂情的香魂定會有所期盼。不禁試想，人生舞台若沒有群花競逐，自願匆匆登場佈景，讓其欠缺綠茵青柔翠滴；周遭僅餘一片灰灰淡淡，請試想那全沒色彩的世界，該是多麼枯燥呆板，那呆板景象問誰又敢想像呢？春風畢竟是大地寵兒，殷勤撫吻著天地，相信萬物也在殷殷等待，春神再度舞動那魔杖。

二〇一一年三月於墨爾本

秋景撩情

三月將盡，處處彌漫蝕骨寒風，映進眼簾是無限秋色。黃昏時，我喜愛徘徊於橫街小巷，陪伴隨風飄舞的枯萎殘葉，和餘暉競跑。看著片片被推動的黃蝶，總是乏力地又勉強振翅飛翔，重復跌落時無奈呻吟低嘆，竟讓我這姓葉者有絲絲悲傷。兩旁楓樹唯恐落伍，亦紛紛急忙換裝，僅剩仍墜掛著，那數片痴戀著不欲脫枝而去的金黃。枝椏上群鳥熱熱烘烘地相互爭訴，皆抱怨覓食日漸艱難，彷彿彼此鼓勵，該珍惜還能酬唱的好時光。鳥兒們仍是故習難改，總喜偷閒搖舌數說東短西長。

每當晨曦微露，夜班月兒仍強睜朦朧睡眼徘徊，未願離場。玻璃窗上點點宿霧未乾，使街景模糊。園內柏葉和草坪皆擎載點點奪目珍珠，任陽光映照出像寶石般萬丈光芒。素愛爭妍鬥麗的春花群，已全部乖乖地遁隱。僅門前十數株顏色繽紛的玫瑰，依然濃妝艷抹向過客招引，亂丟媚眼。易怒的艷姝，因遷怒我敢恣意採摘，常肆無忌憚地把我手指弄傷。但在秋季花卉共放時，我獨愛玫瑰的狂野，她的花容、她的香氣，佔著春、夏、秋三個季節，展萬種風情，驕傲迎風展放。在寂寞蕭瑟的秋景中，送我滿院景觀，並飄散滿室的馥郁芬香。

秋季的海濱，不再是弄潮兒的天堂了。陰霾密布搖搖欲墜的天，再難尋覓所謂秋高氣爽。向被嘲笑滿腦傻氣的我，在那秋風刺骨時節，常常強拉外子陪我往聆海嘯浪語；可憐的他抓緊衣領，伴這傻氣滿腦的妻子，縮坐在石階上。他一臉的無奈，正默默努力和侵襲的海風較量。我暢意地深深吸入潮濕的海風，非常享受那股蝕骨的冷凍，任其在體內循環。掬起幼白的沙粒，輕輕吹著，讓沙雨盈盈飛散。

耐寒的海鷗，正群群輾轉在海天飛舞，且練就水上飄神功，能在海上駐足，戲耍忽進忽退的波浪。牠頑皮地頻頻向我倆注目，是譏笑我的反常。或是好奇於我未懂時序，也許是來錯了地方吧。一片淡藍的海域，已漸趨平靜，微波卻依然起伏盪漾。忽然驚醒，時光如眼前流水，已再難收和難留那逝去的光陰了。

山坡風勁強，剛剛結好的髮鬟又被吹散。沿途竟是無限蒼翠，高高矮矮的樹叢互相偎倚，一弘清澈淺流在石隙中穿插衝擊，悠然奏演幽雅古樸的叮叮噹噹，好像正在聲聲訟讚大自然的風光。枯枝絆腳，把我弄得彷彿是跪地膜拜。泥濘斜坡滑，多次差點撫吻山坡，幸獲及時摻扶，雖未跌至四腳朝天，卻招引外子連聲不停抱怨，不過他也折服我的傻痴和勇敢。山靜缺人跡，我不禁引吭高歌，自求快樂地自封為此山之王，在這自由的國土中耀武一番。

時光流逝如箭，髮鬢都爭先染霜。對著窗外秋景，早已失去種種賞秋情懷，間中閒話裡竟埋怨秋季太冷。別說要到山上或海邊，就連出門也感覺厭煩。全身要披上武裝，厚厚的毛衫，也未能讓老弱的身軀溫暖。原來心態也日趨老邁，還是躲在屋內享受暖氣所變成的春天好了。

二〇一四年元月仲夏於墨爾本

風影留痕

經歷了驚濤駭浪，與天地賭命，在荒島掙扎求生的日子；朝思夢想是能避風擋雨，溫飽安穩的家。終於，我們靠勞力賺來一間四睡房的磚屋。雖然僅是平實簡單的設計，全家人視其為皇宮般珍貴，足感雀躍和喜歡。

上任屋主大概是忙於生計，竟冷落了前後園兩大片草地。本來青綠釉翠的那塊草坪，卻零亂參差長滿各種野草，門前排列有次序的數棵小樹，已了無生氣般枯黃，讓人感覺園貌的雜亂和不雅觀。

星期天清早，長街陪著人們追尋美夢，只有樹梢群鳥競唱。兒女們和外子學澳人習慣，休假日便會賴床。我獨自沐浴在春季柔和的晨曦下，還是忙碌得滿頭冒汗。努力用手拔去野草，不久、手指已漸漸隱隱酸痛了。

忽然矮牆處遞送過來一把泥耙，和一個小鐵鏟；並伸出一張洋老太太的臉孔，慈祥和那皺紋縱橫的面，含笑地招呼。她自我介紹是獨居隔一間的房子，名伊麗沙白•杜，並伸手相握殷勤地說，遇困難可到她家求助，不用客氣。我也趕緊報上名，並禮貌請進屋裡喝咖啡。才知道原來洋人是不懂客套，連聲致謝後便向大門移步，且坐了很久，並未客氣的穿室進堂參觀，從此便打開友誼之門。

初移新鄉，每日為家計早出晚歸，間或連週末也要輪班。偶得空閒躲在家操持雜務，或抽空看書閱報，甚少外出串門，故很久沒和杜老太相遇了；心裡暗喜少見為妙，免得自己的破碎英語，不成樣的文法惹笑出醜。

那天、正賦閒在家，因身體微恙，便靜坐窗下讀報，享受偷得浮生的半日閒樂趣。忽然門外高響著驚心動魄的警車、救護車之聲驟止，且正停在鄰居門前，此時陣陣嘈雜話語，彼起彼落。心想，是否緊鄰的小孩出意外了，趕快換上鞋子，到門外查探。

杜老太太的前院，圍了一群街坊，各人皆紛紛議論，我也急步趨前細看。一會兒、警察請人群讓路，二位急救人員用架床把杜老太推出，全身連面孔皆掩蓋了白布。我心裡無限難過，默默送別了杜老太，急急向鄰居詢問究竟？原來杜老太太在兩天前睡夢中離世，是其侄兒到訪，不得其門而進才向警察求助，否則屍體腐爛發臭才被發覺，真是人生無常。

杜老太太早年喪偶，膝下無兒無女，鄰居常見到訪的親人，僅是兩位侄兒。據說，老太太生活非常有規律，飲食也頗注重，身體可算健康。平日勤於家務，室內窗明桌淨，纖塵不染，且擺設講究雅緻。

黃昏時、屋裡總會溜瀉串串動聽的鋼琴音韻，是貝多芬、或莫札特等等樂章，讓過客陶醉於古典的旋律中。她也喜愛園藝，前院、後庭的花草修剪有序，四季開著各類品種的鮮花。顏色繽紛的名種玫瑰，使左鄰右里皆享受由其花埔飄送的芬香。安逸愉快的生活，杜老太的可親面容，總掛上一抹甜甜的笑。

兩天後將會在對街的天主教堂作惜別彌撒，我已訂購了一盆粉紅玫瑰致哀。當日，這座古式建築，氣氛莊嚴的教堂內，冷冷清清，來賓寥寥無幾人。他的兩位侄兒，臉上難覓半點哀傷，此情此境，令我頓生無限感慨，真是人死情也盡了嗎？

人死真是萬事休矣！甚麼親情友誼也不會永恆存在。人死後真如燈滅？如風過後不留痕跡？我為這些問題常常的傻思瞎想，總是以為不對的。

每次狂風煽過，花園草坪是堆堆殘枝花架，把我忙了數小時；杜老太雖已離世數十年，但每每在院中修花剪草，腦中自然的浮現昔日杜老太的身影。彷彿仍為我這新移民遞送溫暖，和那小小膠耙和鐵鏟。不過、再回想無常的人生，能像杜老太太的沒有病苦，而能善終該算是最有福氣的了。

二〇一三年八月重修

作者與夫婿心水攝於一九九九年十一月福建同安梵天禪寺。

故鄉情結

我們這群在海外出生的第三代華裔，僅知道原來籍貫屬中國某鄉而已，對遙遠的祖國家鄉一無所知。求學期間從台灣提供的教科書或圖片中，才約略認識美麗的神州湖光山色和悠久歷史，總難免有股深切欲回國遊覽的情懷。

朋友閒聊，常常會互訂未來的計劃，相約將來共遊名山古蹟。明明了解曾經璀璨繁華的古城，已遭戰火洗禮和文革摧殘，雖重新建築，也有刀割斧砍之痕，不再是原來的舊貌。各處恆古歷史的遺跡，也是班駁難全。

從小喜愛歷史的我，讀朝代的興衰轉替，都激起絲絲感慨。除了在書本中摸索外，更急切希望暢遊大江南北，親身涉獵。幻想三兩好友逍遙於五湖四海，抓把中國的土壤，呼吸那門戶重開後，漸漸擁有自由氣色的泥土香。

隨著歲月的蹉跎，髮鬢霜積雪染，那份隱藏內心的思念更清晰。漸悟人生短暫，時光無情，明瞭能供消耗的時間，已是屈指可數了。於是，圖書館中借來中國的風景介紹，終日埋首細閱精美的畫冊，尋覓景物古雅，據歷史價值的幽美處。空閒時，仍不捨地隨手翻動，那常聽說不登長城非「好漢」；就那段連綿不絕如長蛇般，充當保護古國重責的險峻「八達嶺」山徑，已令我咋舌，自己肯定難以做「好娘」。

隨目錄尋找，西湖兩堤的縹緲垂柳，輕輕搧拂湖中，舞折柳腰與數葉扁舟爭相倒影，如詩似畫的景象，頓讓我痴醉，暫時把自己錯置於舟上，迷失在碧波中，竟怕木槳驟然激碎寧靜，彷彿李白邀約蘇東坡，兩位大詩人聯袂淩波而至的雅興，也突然被騷亂了。

仙境在蓬萊的九寨溝，脫俗離塵，多嚮往婉轉幽深，交錯清流如鏡的湖泊；惜地理環境關係，我這定位凡人，自知是沒法完夢了。退而求其次吧，堪稱甲天下山水的桂林，也足夠讓迷醉。江南如錦的景物，單是赴陽朔那水程，沿途奇山靈峰，隱現飛簷古剎，精舍或茅廬，將會令目不暇給。使人有空間猜想，究竟有幾許高僧在深山處隱修，日夕陪伴暮鼓晨鐘，務教世人省思。堤畔偶現兩、三位村姑，漠視遊客的凝視，臨溪浣衣，陣陣砧聲，隨風依水流散。遙遠山瀑傾瀉，水調盡是首難得的天然樂章。曾經造訪桂林回來的好友，在旁娓娓述說，引聽者的魂兒悄悄飛越峻嶺崇山。

難怪從中國回來的洋朋友，對山水的秀美，總會豎起大拇指。但對長江三峽的驚險，大呼過癮，滾滾激流陪襯幅幅如畫的風景，真是險中尋美的樂趣。我歡喜地殷殷追問各旅遊點，十足是位望梅止渴的我，只剩悠悠對月低嘆之情懷了。

要真正成行，彷彿比登天還難，每位皆太極高手，都有不同的藉口延遲推托，總是明日復明日。所謂人多意見雜，我還是兩口子成行較簡單，再不成行老骨頭變得更懶，於是我願作試驗品，偕好友先遊桂林了。

果然，赴陽朔那一程水域，美景絡繹不斷，一山更勝一山。我懶吃船上供應的火鍋，不管鳴叫的饑腸，也忘記在背包冷置的紙筆，緊依船舷，極目欣賞旅行指南所介紹的摸擬景象。毛毛細雨輕灑，把群山蓋上薄薄面紗，加倍顯現三月灕江那份濛濛淒迷美姿。相較下比各經人工美化的岩石洞，更具遊覽的價值。經此旅程，回家後便和外子磋商，繼續編定展開多個行程了。

遊客們回來，對中國的名勝古蹟和經濟進步，多數說是值得讚賞，但紛紛批評其衛生和國民素養非常差，讓海外真正愛國的我等擔憂。若要中國能真正強大，怎可忽視國民自身的品格，忘卻我國的固有道德。

我們正殷殷期望，同胞真正能受良好的教育。從幼年時由基層學起，品德為首的把我國的未來主人翁，悉心諄諄教育，將來的中國定會真正的富強，不用藉金錢的代價，才受別國的尊重。

二〇一三年十一月十八日於澳洲

歲月回流

是韶光消逝得太快，是我步步踏進晚年，常感無緣無故地哀傷。且會讓思緒倒馳。頻頻翻動童年的記憶，捕捉往昔的點點滴滴。陷入迷茫的心境，喜愛自我失落在頁頁已塵封景象中，難以自控。眼前的人和事，都像非常非常遙遠，且漸漸模糊。我卻好比宿酒未醒，整日昏昏沉沉的過著活著。

匆促飛一趟美國，本以為廁身在雙親和弟妹群裡；自己定會心無旁顧地享受親情，使能重回現狀，正好結束那夢遊的日子。那天、當宴罷人散後，和三弟唱卡拉ＯＫ，合唱了數闋粵曲，那一板一眼幽幽怨怨的詞譜，又把自己重陷回憶中。

童稚時，和三弟一同被外公外婆視若珠寶般愛護撫養。富裕的家庭，生活總是熱熱鬧鬧。外公家訪客特別多，每週飯席像流水宴，能幹的外婆也感應接不暇。座中常客，不乏當時的粵劇紅伶，故外婆長期擁有頭等座位。

每每有粵劇團從香港來越南演出，我和三弟永遠不被遺忘。我倆總會佔據第一行，且高高地坐在椅子的扶手上，仰起小腦袋觀賞。縱然對劇情完全不了解，卻喜歡那閃閃發亮的戲服，和笙絃琵琶、蕭鼓……等大鑼大鼓的喧嚷。應該是從小薰陶，耳濡目染而把我和三弟變成了粵劇迷，粵曲狂。至今年事已老，仍愛呀哼拉腔，管它是走調或是變腔。

童年的生活是多采多姿，我們是少年不解愁滋味。衣、食、玩樂永不缺。但最讓我恐懼的是外公家庭訓森嚴，每頓吃飯時，管家蓮姐身旁必定放一雞毛掃；當我們把筷子伸至菜盆另一端，或喝湯把湯匙含在口內，定會吃上一鞭。我們幼童的心裡，偷偷埋怨蓮姐太兇殘。但長大後循規蹈矩的儀態，是多麼感激外公對我倆教導有方。

自外公腦溢血後，外婆便僅有結束一切商業，辭退部份佣人，生活安安靜靜。外公聽取醫生指示，每天清早五點多起床，到相隔數條街的公園散步。因外公病後行動欠靈活，走路借助木杖，故定時三輪車必來接送。每逢週末或假期，外公定把我姐弟倆帶同前往。這是我們極期待的日子，是為了散步後到茶館可以享用點心。憶及某次，外公遲遲未醒；三弟卻頑皮地拿出數個小鐵罐，蹲在外公睡房前弄出聲響。我乖乖地候著，置身事外，坐享其成。

外公的病加重了，為了要安靜休息，再次把外公移至同街的旅館，晚飯後外婆會帶我姐弟倆去陪伴外公。不懂愁的我認為是最快樂的時光，因為又可以聆聽「盲仔牛奶」唱歌了。他或拉二胡、或彈琵琶，展腔唱〈客途秋恨〉，如今回溯歌詞，那遊子的心境，是多麼的悲哀淒涼。

尚憶在外公家，每一個節日都是隆隆重重的；闔府上下幾十口人皆是興高采烈地度過。我是很幸運的，能夠適逢其會，且因外婆過分寵愛我們，豐富和充實我的童年歲月，可以說無所遺憾了。

所謂坐吃山崩，外公的家撐不住了。房子變賣後，外公倆搬到三舅父家。其時三弟已赴台灣求學，我跟隨雙親回家。外公仍處於熱鬧中，是紡織廠的操作聲陪伴他倆老了。唉！昔日的繁華如煙若夢，經歷了數十寒暑，仍是有跡可尋。

以前，我常常暗裡祈許，希望有朝一日能有所回報，並悄悄發誓要供奉兩老。可惜外公沒等我學習有成，在我初中三那年，外公病重不治了。臨終時，繞室滿堂的子孫，外公卻緊緊拉著我的手至氣絕。那是我首次懂得悲痛，也是第一次把雙眼哭腫了，也深深明白離別至親是如撕肝裂膽的痛。

十年後，外婆患上骨癌，終日受病苦折磨。雖然病榻前曾侍奉，但仍未能回報其如山的教養深恩。每當看到老人家瘦骨嶙峋，躺在病床呻吟時，恨不得能以身代受；外婆彌留之際，我竟趕不及送終，見老人家最後一面，因此而更感悲痛。

三弟數年前回越南，並住在童年成長的參辦街（即傘陀街），他特將此街的近況略述。雖然未被越共政權摧毀其外貌，但已物是人非了。往昔的左鄰右舍全是新面容，令三弟有滿懷失落感。僅有古舊的江南飯店，依然風光地門庭若市，也由新人經營了。

曾經擁有童稚笑語，重復我多少腳印；滿載繁榮夜市的熱鬧氣氛，這條寬闊平滑的石板長街，僅支撐殘軀悄悄的躺著。聽著、靜靜地聆聽，我再次難以抑制那剛復原的思潮，任其澎湃洶湧，魂魄也像已飄飄盪盪……

二〇一三年八月重修於無相書齋

魂在何方

——先父十三週年祭

作者父親葉仲芬遺照

元月炎陽普照，百花競放如錦，綠茵翠芽若織，是萬物蓬勃，大地迎春景觀。唯我獨抱悲情淚眼，任愁雲彌漫，哀思重重緊緊綑縛；讓自己沉溺暮冬心境裡，戚戚無盡追思懷念中。明白世事本無常，陰陽相隔，已再難重見。父恩永久刻銘心坎，親情永遠存在，別後的日子，竟難禁常常憶思滴淚。

十三年前元月十九日早晨，颯颯寒風呼嘯，淒淒寒雨正悲痛地連綿交織。父親靜躺病床，臉容枯瘦乏血色；強睜呆滯雙目，欲言不能成語。三弟挨近床沿，緊握瘦骨嶙峋已無半點力氣的手；俯身讓耳朵貼著那半張的口，奉聆老父臨終遺言，惜僅聞斷續微弱呼吸餘音。那彌留最後之聲，若雷殛般重重捶痛捏碎我們的心，使破裂成片片。兒孫跪繞病榻，強抑悲聲含淚送走至親至愛。最後仍不捨地凝視撒手塵世乾枯容顏，心坎淌滴何止是淚，像千刀萬仞後血流如注的傷痛。未期肝癌雖殘酷卻未能多折磨家父，得悉發病僅兩月後，便攜病苦退隱人間。也許爸爸那份偉大的父愛，不忍見兒女為他太多憂愁勞累吧？

爸爸一生注重鞠育兒孫，使能夠過溫飽富足生活外，更供兒女負笈台灣，使兒女志願能酬，從未為巨額留學花費而不捨或感嘆！待人情義為首，常常濟友之急。喜樂與朋友分享，挫折或愁苦卻獨自吞嚐。我自感愧疚，沒有繼承家父優良品德，回憶慈父昔日教誨，常感汗顏撫心羞慚。

回朔投奔怒海，定居美國加州初期，賦閒使爸爸日形沮喪。懷念往昔風光，終日垂首感嘆。於是、重新廁身僑社為同僑服務，不辭勞累肩負老人會財政職。爸爸耿直公正處事態度，讓同事佩服。至今僑界人士，談及父親生前事跡，還是津津樂道，皆冠以「葉青天」美譽。

四千七百多個日子如梭織穿，時光流逝若箭；但儘使世間事物有幾許變遷，爸爸仍然活在我們心中。五妹和我有相同感覺，父親彷彿依然存在周圍空間；分享家庭的喜樂，分擔兒女的煩憂。父親對子女和孫兒女們愛護之情，常會出現夢境中。猶記每次歸寧赴美，爸必親自烹調早餐，尤其那杯濃濃的越式奶香咖啡讓垂涎欲滴。如今每次觸及杯沿，便僅餘彷若夢醒的惆悵。夜寒月暗，逢輾轉難眠時，總掀尋記憶追思，搜索爸生前的點滴。正欲重溫父愛喜悅，殺那又陷入喪父的傷痛中，不禁飲泣淒然默禱，爸爸！您究竟魂在何方？魂在何方呀！

園中擺設祭台，供奉鮮花果品，我等敬備不滅心香祭拜；請鑒領兒孫殷殷祈禱，願父魂安息。遙望天際浮游雲朵安逸地舞動，像憐惜我們孝思，俯讚萬物情重。我謹具虔誠匆匆託付，請把我們那份無窮思念呈達家父。若真有來世輪迴，盼能再度承歡膝下，補填今生未報劬勞和未盡的孝道吧！爸爸安息，爸爸請永遠安息吧！

二〇一〇年元月仲夏於墨爾本

賞雨情懷

年少時，對雨總有股依戀與期盼；當晴空變臉，墨雲浮遊凝結，灰幕徐徐降垂時，我竟雀躍不已，心坎莫明地歡暢。擁著殷殷切切待雨迎雨之情倚窗，當時那種奇特感受，實無法詳盡描述。

天際隱約雷鳴，光龍迅速浮遊閃耀；驟響震耳雷聲連著傾盤倒瀉的雨水淋潑，漸漸變成箭雨飛馳。看著縱橫交織的網，眼前景物頓被美妙輕紗包裹。那時刻，我恍惚被迷糊了，常常罔顧家長訓喻，披上雨衣或撐起花傘衝進雨網。悠然邁步於林木稠密的街巷或公園中，享受那份清涼沐浴感覺。薄薄雨衣是敵不過傾盆勁雨，我卻喜愛偶然纏貼身軀那濕涼之感。常常徘徊復流連於淨化炎暑的空氣中，迷失於大自然清新景觀。

逢暴雨急降，便急步躲在屋簷下或廁身茅亭內。靜賞樹草被風耍弄，那款堪憐折腰擺搖之態；陪伴百花羞舞競艷之姿，即足可醉倒了我懷春心境。圈圈漣漪在泥池擴散時，像旋轉著少女無數青春綺夢；情緒頓被雨聲撩撥，心弦濃烈牽佈著詩境般浪漫了。荷池裡傘葉連疊，仍抑掩不住清雅脫俗的蓮花出塵，若等待雨絲悉意撫吻。

偶然貪婪極目欲透視披掛薄紗的長街，滂沱大雨中車道忽成斷續浮凹，連房屋也頑皮戲弄斯文地搖搖擺擺。間或急步稀疏過路客，像正和風搏鬥般，強暴撐起飛翻傘影，也成雨境中點綴景象。靜觀其手忙腳亂狼狽樣，總難抑無邪笑聲，肯定招引怒目凝注，無知的我竟處之泰然，無懼回眸對望。

逢微風細雨時，沐雨情趣未濃，便索然憑窗遠眺。那紛紛亂雨輕盈若柳絮灑降，越飄越密，絲絲線雨施展柔弱之勢，彷彿怕驚動階前盆栽。點點雨珠停駐五里香纖釉葉片上，閃爍珍珠瑩光，是以熱忱響應偷偷露臉的太陽。僅健碩萬年輕竟吝嗇地未容雨珠停駐，急速扭動，逼使連串滑灑之珠頓斂寶光。蹲伏前院石椅上的莉莉，凝睇紅磚回濺的水線，哼哼呼呼，搖擺純白尾巴，不時回首向我獻媚，窗外小狗頓成雨景點綴了。

黃梅雨天，銀針毛絮日夕飄飛，是臨窗展卷好時光；灰淡長空蘊含詩情幽雅，配合淺淺愁緒，讓自己置身於書中故事裡，分嘗其樂與悲。當潤濕雙瞳和雨絮溶合時，又是另種感覺了。為此，家人都說我略患癡呆之疾，父母曾因而煩憂呢。

當萬籟俱寂，星月欠輝的雨夜，常為聆雨而擁被輾轉；那滴冬滴冬簷漏聲，淅瀝、淅瀝打階音，的得的得敲窗之響聲，彷彿一首多重奏樂章，心靈感到無限自然恬靜舒泰。數著又數著，慢慢沉入甜美夢鄉。原來雨夜是頂好催眠師，明天覺醒，像剛從俗慮中釋囚，經雨聲洗滌已心塵潔淨，頓感神清氣朗，心境說不出來的輕快喜悅。

也許是因生長在亞熱帶，整日被驕陽烹熬，故盼雨祈雨之情殷切；深信愛雨嗜癖老習慣，此生是不改不移了。

昨天，寒雨纏綿不輟，憑窗賞雨情懷已異樣；野百合擎載水珠，何故再閃不出往昔點點光芒？杜鵑枝隙流瀉水線，是否難抑悲傷之淚？或許因受冬雨刺骨寒意所傷？對街滾球場閒日熱鬧非常，今餘風雨搖撼那桿鷩懼孤寂高豎的旗桿。其緊鄰散置墳塚，此際更顯陰森淒涼。突然對連綿寒雨驟起厭惡，迎雨心態霎時消失。唉！同樣賞雨，不再如昔年情操了，心態也驟變異樣。將來若能重臨故土，自信不會勇敢地衝進雨中，或再獨自溜躂於公園賞雨沐風了。

雖然人的生命是早註定限，但漸弱軀體已難耐風雨。夕陽暮年總未敢向病魔挑戰，唯有輕輕低嘆！看著雨珠忽稠忽疏，滿院草色添翠，枝頭嫩葉茁長，處處微露春光。滋潤後的大地，萬物生氣蓬勃漸呈，隨著四季不斷循環，出現一幅新畫像，愛雨之情又不禁慢慢回復。

二〇一二年仲秋於墨爾本

春雨綿綿

春雨輕輕柔柔地無定向飄落，把天地披掛上一層迷濛濛薄紗，溢瀉著詩般美態。倚憑窗檻凝望，觀賞正在沐浴的庭園。寂靜心靈中無端觸動早已塵封記憶，昔年喜雨盼雨和雨中散步情境，再浮現腦海裡，讓回味無窮。

外子忽然間大聲叫起來：「哎！太好了，希望雨狠狠地下個痛快吧！便可以解決近年來短缺水源之患了。」向來多愁善感的我，總是認為天地有情，感時灑淚。當百花含苞待放，嫩芽茁萌，青翠滿枝時，那掛紅綴綠的春景，怎能不心境愉悅，而難免喜極落淚呢。

數日連綿霏霏細雨，朝夕纏繞不休，是蓄意把殘冬剩餘的灰暗冷澀洗滌。雨絲徐緩有序地飄落，輕巧叩敲我久違的靈感，驟然忘卻煩憂，心靈是那般恬靜舒適。思緒隨不羈風向飄蕩，我已非我，魂魄飄舞於天地，文字串串湧現眼簾，有股瘋狂的喜悅。

門外雨絲清晰徐徐灑落，是一幅橫七豎八素描圖，多麼淡雅淨潔。多變的雨絲正彷佛仙女思凡，心亂手抖傾瀉金露。又若日以繼夜受相思煎熬的織女，無奈地以情絲推動織梭，織成雨網把牛郎緊緊裹住，能永相廝守，卻抑制不了久積的滿腔悲苦哀慟眼淚，任其滲和著喜悅隨風飄落。

聆聽細細雨聲，隱約依稀是誰以夢幻之調低低吟唱，是否贊誦大自然之美態般。

那似斷還續音樂節奏，像貝多芬正把琴鍵撫弄。似乎在娓娓訴說著，人生的種種無奈。

路過行客，步伐匆匆而過，竟然漠視萬物浴後姿色。雨依然無定點飄落，毛雨越織越細。她們是蓄意戲耍那些乏味行人，頑皮地悄悄附貼其頭髮或衣上，偷偷讓其髮光耀亮。雨季讓勾起一串串思絮，把自己也鎖緊心網內。從此，我愛雨賞雨之情，僅日益增添但永遠無法減除了。

二〇〇七年初春於墨爾本

賭城巡禮

移澳匆匆二十多年，每隔兩三年便賦歸寧，赴美次數約略計算已超越十回。各重要景點皆已多番遊玩，僅「拉斯維加斯」卻從未涉獵。無他、因「賭城」兩字使我止步。並非討厭賭博自命清高，何況小賭怡情，也無傷大雅。但每次攜兒女同行，諸般不便，何況每回的目的，僅是專為陪伴雙親，時間寶貴，且更乏遊興。

去歲赴美探訪八十三高齡慈母，居住在女兒所租用的半山公寓，日夕陪家母憑欄俯眺山下波光帆影，東升西墮的冬日，會勾起無限思憶往昔事。當夕陽架起七色虹橋，媽媽有更多悲思，便展開有關先父話題，滔滔述說；母女總會難抑相對灑淚。

清晨寒雨霏霏，遙對迷濛山景，慈母又撩起愁緒，為了使暫忘哀思，急把話題轉至旅遊見聞，國內外風物。忽然，家母無限感嘆地說：「你爸爸厭惡賭博，凡與賭相關事皆止步，故移居此二十多年，那聞名遐邇的賭城，近在咫尺也竟無緣遊玩。」略作沉思後又說：「這次可有意陪我到拉斯維加斯來一趟逍遙遊？」

為遂母心，和女兒商議趁感恩節假期成行，機票委託三弟安排。

剛踏進賭城機場，已見群虎擺陣，鐵虎張口招掛，祈待出入境者供養。

三日遊機票包旅館及早餐，價格合理，大堂兼備小賭場，周遭是誘惑各式賭徒的遊戲。若定力不夠者，難逃破財或至囊空如洗。色情表演宣傳卡，沿途派送，遊客熙來攘往，接踵擦肩行蹤匆忙。各具特色的賭場，連綿不斷的展示其獨特藝術設計，皆是巧奪天功之美；象徵不同國家特色的建築，櫛櫛鱗比。外型仿若金字塔的埃及館，廣闊賭場和高級旅客寢室，竟被神祕古墓氣氛包裹，好奇的我們遊目搜索，欲尋覓那斜傾運作的升降機竟失望而返。四面襲人陰森感覺是各款雕塑栩栩如生。購戲票看古堡幽魂，落坐在懸空的椅子上，配合恐怖音樂和內容，媽媽和我驚恐緊緊互倚地等待散場。

法國館充溢浪漫、藍天星月交輝，張張愉悅五官似暫忘俗煩。宛如時光倒瀉，自攜思春心境急赴月上梢頭蜜約般。難怪譽享盛名的大型歌舞團也放浪地呈胸展股風情萬種吸引滿座掌聲。

羅馬館驚人的宏偉，意料外象徵各國特色壯觀等等……真是不勝枚舉，惜行程匆匆，竟錯過中國館，家母因此感無限遺憾，盼望日後重臨再訪。

當夜幕張降，賭城頓被千千萬萬寶石包圍，延綿七彩繽紛，璀璨閃爍那傲人夜景，讓我們錯覺以為置身於天堂。隊隊遊客抬頭東張西望，尤如劉姥姥廁身大觀園般。媽媽雖然倚杖助行，也不甘落後，隨著人潮湧向噴泉演出方向、臨池等待觀賞水花之舞。隨音樂擺動，千變萬化的姿態，更勝舞孃。

海鮮自助餐竟供給皇帝蟹，卻是一般平民化價錢而已。最可稱讚者是侍應具備敬老心，這點是理應稱讚。本來環視長長入座人龍，自忖要輪候半小時，我等饑腸實也難耐，幸託媽咪洪福獲准優先進場。單就多類精美點心，已足引起蠕動飢腸，何況很多鮮蠔肥蝦和螃蟹，素喜海鮮的母親，真是食指大動了。

輕柔音樂悠悠於空間迴旋，與鐵虎搏鬥的假英雄把世界忘掉。他、她們唯一祈望能挖空老虎肚腸，慈母對多花樣遊戲機產生了興趣，陪伴東挑西選，終於和雪熊競技。

賭場裡遊客都懂得會以中國國粹變臉，忽喜忽憂，一陣叮叮噹噹硬幣滑落聲響，定令賭客抬頭搜覓投以羨慕眼光，或喃喃自語，也許咀咒財神懶慢，停錯方向吧！

夜色沉沉，嘩笑話聲處處可聞，睡神被放逐，是沒夢地域。除了賭場內迷途羔羊，大街遊客仍擠擁排列。候公車者均可享受，侍應穿禮帽衣著整齊地為乘客開關公車門；請諸位千萬記著付小費。據旅館服務生告知，遊客喜日夜倒置，是真正不夜天堂，僅要你敢，四花八門的玩意玩之不倦不完。

披著霧戴星月為冠，被無限光芒包裹的「拉斯維加斯」夜景是邀人尋樂迷醉絕美天堂，呈現繁榮昇平世界，笙歌艷舞情況下，就是心藏千般煩憂，也倏然暫忘。我也沉淪在神祕極美夜色中徘徊留戀，忽然，母親一聲驚呼，才醒覺已在回程航機上。原來媽媽把倚在老虎機傍的木拄遺忘了。

萬千顆迷人寶石漸漸遙遠，明天又恢復平淡，輕輕舉手向機窗外不夜城揮別，祝福其燈光永遠燦爛。

二〇〇四年二月季夏於墨爾本

織女情懷

在越南南方華埠堤岸城著名的「為食街」，即參辦街上，外公有一間規模不小的紡織廠，是連接三棟樓房的二樓，另兩間的下層是「福祿壽酒家」和甜品屋。我的童年就是在這晚市熱鬧的長街上渡過。熙熙攘攘的稚齡生活，讓留在我心坎裡的，是一抹非常美好的彩色繽紛印記。

舅舅也是經營織造廠，他的廠地是設在對河的彼岸。昔日織造業非常蓬勃，較別的手工業昌盛，而且多由廣東人為主，連商業中心的同慶大道上，也有我三舅的分廠。皆以織緞、綢等。都是一條龍的服務，包括拔絲、耕絲、漿絲等，僅加色全靠染廠，要加工染成黑或白顏色。當年全用手作，故所需織工頗多，且都以女性為主。

廠內的織女多是自梳女，自願獨守閨房終老。都是敬業的一群職工，那部龐大且笨重的木機，是她們選擇的伴侶；除了新年、七夕兩個大日子外，她們決不離開機房的。很多位來時仍拖著烏溜溜粗辮子，讓歲月隨機梭的穿來插去，往回不斷折磨，也變成稀疏的灰鬢。他們從不放棄其原有的工作，另尋高就。其念舊和長情，至今仍使我深深佩服。

那棟陰暗的廠房，猶如一座大古墓。它埋葬了少女的青春歲月，也囚禁了織女的情和慾。她們是多麼熱愛這工作，每日同樣呆板繁忙且枯燥，卻都甘之如飴。肯定相信各人內心，也會偶然泛起波濤，有所需求，但已來不及表示時，早已被環境摧滅掩蓋了。

生活純樸的織女，從不奢望錦衣美食。她們真的擁有高床暖枕。所謂的高床，是把床和家都安置在木織機頂上。每日清早沿機架爬下來，晚上又攀機而上。彷彿是有內功的武林高手，竟是時間練就了行動非常敏捷。大概是日夕廁身於機器聲中，故交談的聲浪也特大和響，且都有很重的鄉音滲和，多是濃濃的西樵口音。

人是感情動物，也難免渴望關懷和愛護。因織女是長期自我封閉者，已對異性無緣和抗拒，僅有在身邊尋覓了。她們會在同事中物色，尋找投契和互相欣賞的同性知己，於是便搬在一處居住。被此倚賴照顧的一同煮食，晚上同床共被而眠。她們情同金蘭姐妹，又仿若夫妻，其關係的微妙，非我等所能洞悉。

農曆新年往往是休假一週或半月，這節日對織女也沒特別的歡喜。除了偶然到別的工廠訪織女外，多是留在廠內談天說地，或共同烹煮美食。七月七日，是織女們最有意義的大喜日子，老板們也深懂其心意。廠方定放假兩周，讓她們能有充分時間準備慶祝。

那時節，織女的笑聲是異常的愉快，且非常合群地全體動員，把廠房內外大掃除。其分工團結的精神，仿如軍隊。機房內煥然一新，機房外長廊架起又高又長的木檯，織女們日夕忙碌地剪剪糊糊。她們都是天賦的藝術家，以小竹枝、彩色紙、麵粉、花生、瓜子、棋子餅等等，糊成了七仙女的衣裳，梳妝盆和亭台、橋、人物等。她們對某些歷史故事，非常熟悉。於是、以合力拼湊的亭台樓閣，展示鳳儀亭故事，那紅牆綠瓦外貂嬋拜月，內坐著紅臉長髯的關雲長，正挑燈夜讀，真是栩栩如生。還有牛郎騎牛吹蕭，織女紡紗、或七仙女的霓裳舞曲，雀橋相會等等。長檯就如一大戲棚，餉餉的戲劇在連綿上演般，定要吸引很多參觀者，要讓其傑作皆能引起掌聲。

是日，擁進很多觀賞者，除了部份陌生的行外人，多數是別間織廠的女工。身為主人的織女們髮辮光亮，衣褲整齊在長檯前介紹故事。這時候、廚房也很忙，佣人們要為別廠來訪織女準備宵夜招待；陣陣炒粉炒麵的香味，和著甜甜的杏仁糊在屋中飄送，年幼的我和三弟，不肯就寢，直嚷吵著要先嚐。

社會已不斷進步，昔年龐然大物的紡織機，早被淘汰且幾已絕跡。現代化的織廠，都採用先進的電機。女工也不再是自梳女，她們的入時衣著，我也自嘆比不上了，而且這也再不是女性的專業。下班時年輕男女是一群群，也有對對雙雙的。舊夢如煙，如那台舊織機般，一切都被湮沒在歷史中，但每年七夕，都會讓我勾起無窮的思憶和浮想，總讓往事巡邏於腦海，久久不散。

二〇一四年二月於墨爾本

舒卷覓餘情

媽媽說我天生是笨女孩，是生性的懶惰者，出世數天才嘗試慢慢張開一線眼，連嬰兒日夕呱呱的啼哭也是欠奉，故沒人知曉家中育有嬰兒。保母群姐說：照顧我實在太輕鬆了，飽吃睡足便呆坐不動，以為將來必定是位蠢鈍的呆女孩，大家害怕我長大後成了一個傻瓜。但鄰里街坊卻是對我連聲稱讚，說我生來福相，贊我是全街獨一無二的乖女孩。

小學時便架上闊框眼鏡，舉步穩定輕移，待人斯文守禮，不苟言笑。課堂上鮮見我交頭接耳，吱喳猶如長舌婦般東長西短。反正只要一書在手，足令驟忘人間何世了。為了爭取獎學金，對學業加倍努力。所謂勤能補拙，對自己嚴厲的鞭策；僅體育課與我無緣，一向未能有好表現，只僥倖混得目標指數。總算每學期得如所願，取獲獎學金，成家中弟妹的榜樣，雙親的驕傲。

假日仍然沒放下書本，不過教科書卻換上言情或歷史小說。還記得第一本涉獵是無名氏作品、長篇小說：《塔裡的女人》。第二本是向鄰居萍姨借閱，薄薄扣紙訂成的舊版《紅樓夢》，書中的文言，是未能全懂，但一知三不解的仍看得津津有味呢。

未識情為何物的懷春少女，竟讓書中主角的悲愁，牽引自己悲苦流淚。尚憶十四歲那年，因腳甲生瘡而寸步難行，請醫生來家中治療，治了十多天，痛楚無比，我居然沒有滴淚。但每被書冊的內容觸動時，我定悲苦飲泣，涕泗縱橫，外婆常說我是標準的「喊包」、是愛哭和書蟲。（註：粵語哭的白話叫做「喊」。）

外婆家後院長長的花棚，植著顏色繽紛的花樹，這是我假日流連忘返的露天書房，也是我初懂懷春織夢的溫床。在花樹交錯的棚下靜坐，是沒法形容的舒暢。疲累了，舉目巡看金魚缸裡的小魚，或仰首天際遙望浮游的雲海，那朵朵自由地競逐，其幻化的各種圖騰，又是另類享受了。

書本佔據了我年輕時的世界，令日夕沉醉書卷中。除了偶然有過埠粵劇紅伶在「大光戲院」演出，才能吸引我隨長輩走進劇場，否則我絕不肯離開書城。也因書內每個纏綿淒美的愛情故事，把我少女情懷過早薰陶烘熟了。

出嫁後的我，仍然是謹慎言行，蓄意把自己調教成「嫻熟」婦人，獲親友的讚許。是移居新鄉，或是年齡漸長，也像是突然醒悟，不再太束縛自我，使自由自在地輕輕鬆鬆生活。經脫繭蛻變的我，漸漸喜愛適度的遊玩，數位閨中好友相聚，我會滔滔暢所欲談。甘願扮演丑角，常常蓄意發出串串風趣話語，逗起滿室的歡樂哄笑聲，這正是我等待的掌聲。原來眾樂樂，比獨樂樂更有意義，也賺回「開心果」的封號。

和兒女閒話家常，為了掩蓋母女的代溝，不再古板嚴肅地聆聽。常會將慈愛的微笑掛在臉上，彷彿好朋友般，彼此融洽地交流。孩子的喜樂、煩憂等，我皆無限關愛和願意分享。

爸爸首先發現我變了。郊外旅遊時，我放膽隨孩子攀登石岩；海濱嬉水，我已敢隨波逐浪了。昔日和同窗三劍俠相聚，都說我太多愁善感，是現代的林黛玉。明明是無所事事的靜坐休息，心間腦際總有起伏縈繞的雜念。為某事處理未臻妥善而懊悔，或為孩子的未來憂慮，讓愁容掛在臉上，愁緒自我鎖困若「杞人」般不安。

但林黛玉已遁隱無蹤了，現在的我是樂觀積極。人非草木，也有讓我情緒極壞時，像夫妻間的偶然爭執等，我會避開爭吵。躲在客廳裡展腔高歌，把怨氣盡吐後，又回復心境舒坦了。經歷時光的磨礪，我心扉驟然開朗。原來把歡樂帶給別人，自己會更輕鬆，更瀟灑和舒暢。難怪爸爸說我越長越年輕，我想大概是指我的心境吧！即所謂「老天真」也。

舊習未改，我依然喜歡捧書閱讀，廁身於山水之間的濃蔭深處，邀古代詩聖詞翁陪我發慕古的幽思。累了、疲倦了便漫步海濱，與海鷗共耍逐浪，靜聽波濤鳴奏醉人的樂章；享受颯颯清風吹搓，洗滌我心靈的俗慮。其實是人生短速，我們過客有權在人世舞台，自由選擇演繹的角色，是否要演賺人熱淚的苦角、讓人痛恨的壞蛋，或使人喜樂的角色。

我終於覺醒了，在餘生的歲月裡，我要活得安逸愉快。急急揮去無端的俗務，把蒙蔽的心塵重新抹淨。來吧！一起忘去人際間的恩恩怨怨，都來做快快樂樂的老頑童呀！

二〇一三年春寒抖擻中於墨爾本

母親的背影

家母仙遊轉瞬已半年，午夜夢回，悲痛之情未減，媽媽生前的點點滴滴，仍然徘徊腦海，讓陣陣撕腸裂肝的悲痛。

母親立在登機閘口，淚盈雙眼頻頻揮手的景象；猶似被烙刻之痕，不滅不散的長久縈繫心裡。當母親緩慢地轉移瘦削身軀，那滿頭飄散稀薄銀髮的背影，讓兒孫們不禁嗟嘆，偷偷怨恨歲月總是殘忍無情。

媽媽再三叮嚀，最忌諱送別時哭哭啼啼；但老人家卻難抑傷感流淚，感情脆弱如我，背轉身軀任淚珠縱橫如雨下了。

人生的精彩，是連串悲歡離合的穿插。芸芸眾生，在人生旅途上，誰未經歷歡聚悲離。是冥冥中有所安排，我們唯有認命了。

數月前，家中老少懷著喜悅心情等待。八十七高齡的母親，乘坐十多小時航機，由我大女兒和外孫陪伴，由三藩市到達墨爾本，老人家精神抖擻，竟未顯現倦容。在眾孫簇擁下，客廳坐下便忙著分派禮物；其歡欣之情，非詞句可以形容。

老當益壯的母親，早餐後定會追問當日行程。幸而家母是眾孫的摯愛，仿若眾星捧月般，節目安排密密麻麻。週末更是豐富，遠足、野餐外，是品嘗各色各樣紅酒和佳餚。若是在家便祖孫同樂，坐戰四方城。這祖母以高手臨場之姿態，外孫們自動乖乖把錢暗暗呈送。

逛商場是媽咪最大興趣，陪伴慈母東模西選，流連於商店半天，我已漸現疲累，但仍未遂媽媽購買慾。返家後立即充當聖誕老人，分發禮物。其興高采烈的歡笑聲，使手拿禮物的孫兒們皆無限歡喜，把喜悅籠罩全屋。

年輕人體諒母意，知我怕外婆太累，商議讓在家休息。媽媽卻不以為然，把當年相士之言重覆中說：「昔日遇某相士，批我是大富大貴之人，衣食無憂不必愁生活。且最悠閒，日日路上行，猶是心不足。」還高興地和孫兒們比賽，看誰人逛商場最久，將有禮物獎品。說著、得意忘形地縱聲哈哈大笑。

昔年父親健在時，我們常常會收到大堆的郵包，皆是嚴父餽贈衣物、海味、洋參等等。現在母親沒有可代她寄郵包者，但仍然不斷購買衣物食品，等待機會寄來。常常懇求別費心，實在所寄物品，未必合用。但慈恩深厚，實受之常感慚愧呀！

幼女美文，再為人母不久，為了要陪伴慈祥外婆，每天風雨不改把嬰兒帶過來，讓能享受四代同堂的天倫樂。客廳被歡笑薰染如春。庭外瑟瑟刺骨冬風，亦難以滲入室內。

老么明仁對外婆照顧有加，每晚總會至床前為婆婆蓋被。若見其沒有睡意時，便坐在床沿，相伴閒話家常。聆聽長輩娓娓道說昔年抗日帶隊募款的種種風光事跡，常常報以聲聲敬佩和讚嘆！

三兒從星加坡趕回來，陪伴外婆品嚐各式各樣美食，全沒吝嗇。二兒也說：「外婆年紀大，要讓老年人開心，讓能多多享受。」看到孩子們都能盡孝，使我無限安慰和感動，感覺此生也該無憾矣！

賦歸舊金山後，透過電話，母親也常常懷念在墨爾本的快樂時光。媽媽說一定會重蒞墨市，定要孫兒們陪伴遍遊酒廠和商場，總說忘不了酒廠的佳釀。其實我們也殷殷期盼，那樂聚天倫的幸福日子能早日降臨。

每次在機場接親人或送友朋時，都忍不住在東張西望。期待母親的身影，會突然出現在送接的人群中。明知母親已仙遊難返，偶然發現依稀相似的背影，也足可讓淚珠線斷了。

二〇一一年元月仲夏於墨爾本

母親的眼淚

每次兒女回家探親，那抹喜悅之情，充滿於面上。就算竟日忙得不可開交，腦筋攪盡，卻只為三菜一湯，也其樂無窮。但快樂時光總是艱難留駐，惆悵送別後；對著寂靜無聲的空房，本已漸漸乾涸的眼眶，忽然像決堤般湧出思親情淚。兩老朝夕相守空巢，有太多無奈感嘆！

得知高齡八十餘的慈母已定行期，由大女兒美詩，外孫李強相陪；橫越太平洋，飛渡千山萬水，僅為與兒孫們相聚。那份深厚親情，那般無法估算的偉大慈愛，讓我內心深深地感動和愧疚。

憶自嫁入黃家，便要遵守家規，不能隨意歸寧。故此婚後的我，沒法略盡女兒該行孝道，連承歡膝下的機會也少之又少。反而、父母親兩日三天，攜提大包小袋食用品來看望兒孫，對我們關懷無微不至。如今、年過古稀的慈顏，不辭勞累，萬里奔馳遠途來相聚。相擁時彼此難抑喜悅而淚滴。

母親滿頭梳理整齊稀疏銀絲，在閃閃發光，行動已要依賴木手拉。從前僅喜穿旗袍，日日梳理亮麗，捲曲烏溜溜頭髮已匿跡。無情歲月摧殘，奪取慈母昔日俏麗容貌；裹著瘦輕身體的棉布衣褲，更顯現龍鍾姿態。

清晨，母親悉心梳洗後，便要循例做血液自檢。眼看老母親指頭斑駁針孔痕跡，仿若我心坎內也在被刺而滴血了。糖尿病把母親折磨經年，讓老人家對含糖食品，特別地喜愛。常說老人正如小孩一般，要想吃的東西，若不到手誓不罷休。不能遂其所願時，定會撒嬌，並尋詞覓句說服我們。任由兒孫的十口八舌，也感詞窮。母親捧吃勝利甜點，那無限享受和喜悅表情，讓我深深地動容。不禁暗自決定，以後莫再殘忍阻止了。當探詢那大袋小罐藥品用途後，我內心有難抑之悲痛。細想自己也是正在徘徊於黃昏的旅客，終點在望；僅少許剩餘時光，竟然未能如小小禽鳥，及時反哺育教之恩。每思念至此，又偷偷地而悲傷涕泣，心靈被慚愧填滿了，久久未能寬懷自恕。

幸好孫輩對外婆非常敬重，日日逛街購物。夜晚上餐館，嘗遍各國食譜，又讓我擔憂母親的血糖升高。家母掛在唇瓣那句話：「日日路上行，總是心不足」。母親樂觀心態，是我該常加學習。酒足飯飽後，母親邀約兒孫共戰四方城，所謂健腦運動嘛！我們皆是其手下敗軍。

從小由外祖母呵護成長的我，對母親家族，有很深厚情感。昔年外祖母骨癌離世時，彌留之際，老人家眼角仍然掛著一串淚珠，是難捨至親的點點慈母淚。猶記當年我母親悲痛欲絕，低聲飲泣至昏倒在地時，臉頰也縱橫著失母悽愴之淚。

四星期匆匆相聚，快樂時間過後，是離別的悲哀。女兒緊緊擁抱我，滿懷離情別緒。輪椅上憂愁容顏的母親，眼鏡裡晶瑩閃亮淚影；緊緊擁抱其乖孫明哲和明仁，久久不放。幾次默默回頭揮手，無限依戀之景象，已深刻地銘刻在我腦海裡。

明明領悟到人生難逃避，朝夕循環著離合悲歡，竟然抑制不了雨淚連串滑落。無涯慈愛在接受或者給予，都使我感受安慰和溫馨。但離母別兒女，畢竟也是我心靈上難言苦痛。臨別時母親還給我們撫慰，並頻頻許諾，若身體能夠如此健康，定重蒞墨爾本享受珍貴美好的親情。母親別時話語，讓惱人淚珠更加速若線斷滾落。

二〇一二年七月仲冬重修於墨爾本

生命的延續

婚後每當我懷孕之時，都讓我受很多苦痛折磨，四個多月的不停嘔吐，彷彿已到人生極限而瀕臨死亡？人卻像已油盡燈枯，皮黃骨瘦地靜靜臥在床上。四弟和雙親常來看望，並買來我喜愛的食物，但僅要嗅到食物的香味，點滴未沾唇，我便拚命不停嘔吐。

四弟看著日漸憔悴的大姐，忍不住勸我把胎打掉。連滴水也難沾，讓家人見了心痛；但我為了保住胎兒，只有進醫院打點滴，和注射營養劑了。當日的我，真是勇氣驚人，在三十歲前，還傻裡傻氣地竟敢隔年懷孕，一連生了五次。現在想想當日的我，像一無所知的白痴，也真忍不住自誇堅強呢！

好像結婚的目的，最為了負責生孩子的我，也算窩囊。孩子出生後，全是靠褓姆育養；連教育至成長，全由疼愛我的雙親代勞。所以和孩子相處，我仍然像大姐姐般；從逃難移居的各階段，經過了少年最多煩惱，容易迷失的時期，孩子尚算懂得自愛，幸喜沒有學壞。且還能幫助家中的經濟，讓身為難民的新家園，能夠解決遇到的種種困難，順利重建。

昔年、每日微曦初露前，我便要和外子摸黑上班，年幼的他們，我倆沒法照顧。他們僅能讓相互照應，使父母安心謀生計。這等成果該謝謝已離世的父母，是那份無私的偉大慈愛，讓孩子感受該走向的正途。也難怪我雙親辭世時，孩子們萬里奔喪，且常會追憶談及長輩的事跡而流淚。

朋友都說我長相像母親，當然、因為我體內流存父母的血脈，也間接有些相似的動態。例如，我喜歡唱粵曲，從我外祖、父母、至我們五位弟妹，皆是天生的粵劇粵曲迷。父親熱衷於做義工的遺傳，是非常好的榜樣。自從我的孩子成長後，這二十多年都在各社團服務，不敢說很有成績，但自問算已略盡棉力，回餽仗義收容我們的澳洲社會。

先慈最愛吃，老邁的她，仍然到處尋覓美味的食品，以飽口福。所以我也是貪食者，管是有益或有害，照吞可也，所謂「民以食為天」嘛。儘管如此，我還是有兩點沒能效法母親：第一、我沒媽媽好命格，家母天生是君子遠庖廚的命，活至八十八歲仍是與砧板沒緣，是標準的「無飯太太」。

家父正好相反，是最喜愛烹飪，並且非常講究材料和色香的配合。年輕時就讀，曾是穗城學校童軍團烹煮冠軍呢。第二、母親從來不像我，整日記掛兒孫。老人家常勸我說：兒女自有其福，不用過分擔憂，該多愛自己。可惜忠言永遠逆耳，我至今仍未能看透，總為兒孫牽腸掛肚，自尋煩惱。

時光匆匆，轉瞬間已到了孫輩比我高、較我強的暮年境界。孫兒女們或多或少都有絲毫我的形態，看著相傳的一代代兒孫，心裡竟產生股暗暗喜悅。說出來讓別人笑話，我本性膽小，丁點事便會驚恐；憶及那年我大概是七、八歲時，因縫製洋娃娃衣，把銀針遺失。那時，我悄悄躲在睡房，躺在床上並蓋上毛巾不動。晚餐時外婆和佣人各處尋找，見我直臥不動，都給驚嚇了；追問下才知我以為金針失落，必已游走體內，在等待死神招接。

現在經歷了歲月的鍛鍊，也見到一代代的交替，總感覺雖往生，血脈流傳，兒孫延續生長，仿若是把我的生命延續。回望我雙親和家翁姑掛在牆上的遺容，是含笑的注視。也許兩對老人家也洞悉玄機，深深明白我的心意。

某天在星島報內看到馮禮慈先生的一篇小品，「死亡根本不存在」，也說出在宇宙內，每人都會有生存的空間。中國的一句俗語是非常有哲理，人往生後有些人會說「某某人過身了」，是指從本來的軀體，移至另一軀體。就是所謂輪迴、耶穌基督的所謂天堂見等等，想必道理相同。對各宗教非常膚淺的我，未敢妄作假設，還是留待那些高士們求證和查究。

我只是一般婦孺之見，所有我的後代，都將是我生命的延續，則喻為我仍然存在某空間，我心已足矣！再無所求啦。

二〇一四年元月七日於墨爾本無相齋

暮境苦蓮心

人生離愁最苦，卻總難避免，聚聚散散總感無常。但生離還再見，死別是永遠的絕望。母親的事蹟，總讓我憶念和抱憾。

那次，結束美國探親之旅，一個月時光如箭飛馳，匆忙間未能為孩子選購禮物，因機艙內只讓寄存兩個小皮箱。奉公守法如我們，縱使行李沒超重，外子仍嚕囌抱怨、嫌行囊笨重。他幼年跌傷手腕，拿推重物感困難是可體諒。其實真正超重是我心坎負擔，當告別慈顏和拜祭亡父墳墓時，那些堆積重疊的離愁別絮；像千萬縷愁絲，把心坎重重綑縛。那未敢傾訴的苦，偷偷匿藏卻沒法驅散，唯有攜帶同返。

回程極目雲霄，茫茫雲海無垠無涯，若雪浪般浮游飄逐。鐵鳥仿效展翅神鷹，可惜總衝不破煙霧鎖困。五內正翻滾，還有吐不盡惜別愁懷。千萬思緒越收越緊，回首長空僅餘低低嘆息！

身傍沉醉夢境乘客，睡姿何等舒暢，這群無所牽掛的樂天派，讓我既羨慕又嫉妒。

媽媽把我緊擁惜別之情景，深深刻鑄心坎，日夕徘徊不散。賞遍八十八年春花秋月的母親，身形較前瘦減。自誇永不與煩惱結伴的開朗性格，也跟隨先父消逝而埋葬。那依然清秀潔白容顏，早被憂悶悄悄進駐。嘴角習慣展呈的微笑，是如斯牽強和短暫，且皺紋線路縱橫，讓人領會那份無奈，被歲月造就的苦笑悲涼。

昔年，母親和三弟家庭同住，是羨煞人的幸福三代同堂。新建兩層洋房，名師設計顯別緻雅觀。數十座複式樓宇連成村屋，處盤谷地被連綿山丘環抱，空氣清爽。公園、球場、車道石徑或庭院，家家戶戶有序修剪的花樹草坪，把周圍環境點綴得幽美如畫，是居住理想地方。唯一缺點是交通不便，公車、地鐵均需半小時步程，對高齡長者較困難。

美式生活緊張，大清早各人匆忙上班上學。媽咪帶領我和外子閒蕩，步行二十多分鐘才抵達巴士站。巡迴大街小鎮到聖荷西，來回一趟費數小時。尤幸家母尚可健步，否則每周兩次物理治療，是足夠令家母麻煩了。

母親這位稱職嚮導，沿途娓娓細訴，音調平淡；卻蘊含千般無奈萬種悲涼，也展現移民族晚境無限寂寞和孤單。兒孫早出晚歸，歲月在悄悄無言中流逝，朝夕相伴僅是白涔涔四壁，爸爸遺照是媽媽傾訴的唯一對像。母親頭頂上縷縷銀絲，柔軟伏貼額前，不再像往昔堆波瀉浪。非關家母漠視儀容，是暮年疲乏，再捲不起當日美態。行文至此，內心倍感戚戚，眼前徘徊往返的老太太，竟全變成慈母的掠影。媽咪常自嘲有遺愁之法，要我等悉懷。聆者怎抑欲裂肝腸，那被扯緊撩撥的心弦竟齊齊斷折。

原籍台灣的三弟婦林美齡，侍奉家姑很細心，重孝悌懂禮節，惜整整七天上班，回家已身心疲累了。白天寬闊房屋是更添無奈清冷，老人祈盼往昔熱鬧已變成過分的奢望。

慈親傾訴不輟，我含淚默默聆聽。為解老年心結，偏要強作難以苟同；更盡數些晚年遭兒女遺棄忤逆例證，勸媽享受眼前能夠擁有的一切。不料母親誤會，以為我不相信老人家心境淒苦，雙瞳浮動淚影，使我內心仿若刀割般。身患糖尿病竟喜偷吃甜品，漸有賤視健康的傾向。遠隔千山萬水的女兒，沒能化解煩憂，真感加倍羞愧汗顏。

展示幕上與墨爾本旅程縮短，和媽媽相距更遙遠，內心淒苦泛湧，斷線淚珠暗自連綿滑落。

今日科技突飛猛進，醫術高明，多種頑疾均可治療。唯獨老者孤寂厭世心境，是藥石難解，徒增奈何！陪長輩閒談，他她們皆絢懷昔年生活，闔府共處一堂的幸福時光，深信這也是一般老年人共有的煩愁。凝目機窗外浮游朵朵雪雲，彷彿正追逐流失往昔。不禁默然祈求，七十壽齡已足矣！念及慈顏昔日的無奈，心臆裡仍有陣陣刺痛。唉！人生無奈，無奈人生呀！看機窗外雲遊深處，祈祝現今已遠離塵世的母親，有爸爸陪伴，從此不會再感寂寞了。

二〇一一年八月季冬於墨爾本

春舞步遲遲

冬季總讓人感覺是萬物蕭條，花草皆在等待生命的終結，讓悲觀如我者，難禁心懷悲悲戚戚之感。以為冬神冷酷無情，配合冷冽寒風，折磨萬物。每逢季節交替，總會臨別依依，徘徊不捨。若少女情懷，揮手惜別也惺惺作態，對大地像有著無限依戀。

久候的春陽，喜撒嬌般弄姿作態，慢慢轉動萬丈光輪到任。無限憐惜地熱熱切切撫吻傷殘樹枝，輕輕柔柔舞盪春裳，帶動驕矜風情，欲籍此扇醒久眠的花魂。

前院那株矮矮日本櫻花爭先覺醒，忙忙散佈嬌嫩重疊花蕾，稠稠密密嬌嬌怯怯緊緊倚貼，依附於堅挺長枝上。經霏霏夜雨沐浴洗滌後，花色誘人淡淡粉紅彩光更顯嫵媚耀眼。有自戀怪癖的秋海棠，喜依戀自賞美態，悄悄含苞再放。偷偷讓版圖葉伸展跨過木欄，就為招引過客凝望。

滿樹凋零茶花殘瓣堆砌呻吟低嘆，竟然為了是時不再與而默默惆悵，草坪雜亂堆積的落英重疊難辨，猶如嘆息風華過後已香滅色褪了。

倚矮牆有序排植多款玫瑰，又披上淡綠新枝，尖銳呈骨刺樹幹上，已換替嫩嫩褚紅新葉，等待迎接濃艷馥郁花主玫瑰登座。她彷彿畏懼潔雅寒梅高貴品格，增添其庸俗姿容。偷窺毗鄰如煙若霧，粉紅花絮，玫瑰那綴含苞欲放蓓蕾，卻遲遲疑疑未敢驕縱造次了。

門前兩盆讓我痴等五年的蝴蝶蘭，在修長柳葉隙縫裡，羞怯地匿藏數串淺紫花朵，那款作狀欲振翅高翔蝶影，默默含羞情深搖擺弄姿。好像回報我多年的愛護，也許是洞悉我殷切期盼，特給予點點慰藉。這株解語花耐久展放，歷數星期仍色香猶存，艷麗花容不減。

杜鵑訊息靜寂，僅頻頻添置綠葉，默默擴佔地盆；竟與茂盛夜來香互纏互繞，每當夜風掀起時，便絮絮喋喋爭吵不休後，竟又難禁親熱地締結情緣共同茁長。

四季長青柏樹，列站兩旁，冷眺花草為四季交替而競逐，它竟像一位俠客，公正主持一場武林比試，全沒有悲喜之感；哪管春、夏、秋、冬的換妝。柏樹也絕不偷閒，修煉那股無懼風霜堅毅精神，是古今人們的典範。

儘然墨爾本一日四季，畢竟循環交替有序。人們正忙著收衣櫃裡的毛衣圍巾，等待掛上春裝。但天意無常，驟然間又陰霾速結，風馳雷響；紛紛雨箭飛射，隨意縱橫。春陽掙扎頗久，終於撥開那片濃雲露臉，熙熙攘攘地操作，欲向萬物炫耀散光。氣溫乍暖還寒，容易教人勾起無謂愁煩，心境難免又思潮泛泛。

僅野百合悠然自樂撐起肥大扇葉，豎直潔白捲筒花朵，吹著送舊迎新大地圓舞曲，豪情奔放邀舞劍蘭。並呢喃勸喻珍惜時光人生無常，記取浮生何不暫且偷得安閒。

和外子磋商施展迎春行動，暫時扮演俠士扶弱之道，先把蠻纏花樹的藤蔓掘剪，再把侵佔草坪的毒株拔除，施肥鬆土等等。決定盡改往日疏懶，明日復明日的可惡習慣，即時坐言起行抓起花鋤率先發難，細聲咦呀地操作，頻頻努力揮汗，雙雙歡愉陪著美妙大地舞動泥鈀，漫漫隨節奏哼歌細唱。

二〇〇七年季春於墨爾本

煩惱鬢添霜

年幼時、家中親人都說我面相端莊、手紋清晰，是難得的富貴格之命，一生定會事事順境。所以成長後，常會把漫漫人生路視為坦途，彷彿歡樂無憂，幸福鐵定會永遠的相伴隨。

年齡漸長後才明瞭自己是多麼的幼稚。滾滾紅塵，難免遭遇順境或逆境，當嘗遍生活中的酸、甜、苦、辣，還以為是被殃及池魚的無妄之災。仍未能真正的領悟，更無法透徹洞悉生命的真諦。

自雙親相繼離世，死別的悲痛、哀愁淒戚終日纏繞，才深深體會人生無常，緣生緣滅的道理。所謂生死早已註，定數必難逃。夜深人靜時，內心竟無端有絲絲恐懼，怕不久的將來，自己也難免成為後輩的追悼者。既已明白生命是有限的，有生必有死，卻依然不能放寬胸懷。終日念兒掛孫，甘願像春蠶般躲進愁絮困縛裡，像多愁的黛玉無端鎖眉輕嘆。

真的，死別或可吞聲，偷偷飲泣；大千世界裡，常常有生離的情境。有兒女早逝，白頭人送黑髮的殘忍情況，問誰能耐那天搖地陷轉變的痛傷。有相互扶持，共同渡過多少艱苦和幸福，體諒彼此的過錯。相互扶倚數十載的夫妻，忽然一方早逝或背信棄義，另結新歡，狠讓白首盟斷，那股剖心錐骨之痛；若未親身體驗者，是難以估計其所受的創傷，竟是如斯的深痛。有幸悔改回頭，內心的傷痕卻是永難擦洗了。

人畢竟愚魯兼意志薄弱，一旦難奈邪惡誘惑，便抑制不了自己，也忘記被親手破壞的幸福，哪管讓一己的快樂建築在別人的痛苦中。人性潛伏的醜陋，能不教人驚歎不已和無奈。

曾聽說：夫妻共處之道，該如放風箏般，千萬別把線收得太緊，也不可盡放。太緊太鬆都會斷線高翔。能讓其仰視白雲沐清風，偶然逐鶯追燕的自在一番。實話說知易行則難也，試問世上的為妻者，誰能真正有此寬闊的胸懷，如斯的豪情呢？一般是大吵大鬧，甚至對簿法庭辦離婚，要求分家產。也有實行報復，各自精彩，看最後是誰忍無可忍，誰最夠荒唐。

追根究底，莫論男女，一樁樁婚姻問題，多被第三者的侵入。常細膩的思考，為何某些人甘願作為第三者，把別人安穩的家園破壞，讓其本來幸福支離粉碎。怎不細心想想，偷來的歡樂永難長久擁有，也許有朝一日，也會嘗試咀嚼被遺棄的苦果。

筆者深信一般女子較脆弱，難怪都肯定紅顏多薄命了。身為女性的我，不禁要為女子喊不平，不是說：「不平則鳴」那也讓我鳴一下吧，青天大老爺伸冤呀！縱觀周遭，耳聞的都說男女是平等，本來很多以為僅男性可做的職業，現今已被女子佔據了。

但世俗的範疇所置的秤，是欠公平的。往往觸及有關婚外情問題，若女子一旦作為出牆紅杏，定受社會恥笑，千夫指責賜予賤婦或淫婦等惡名。若是男性嘛，就說是難奈誘惑，受狐狸精誘惑而迷失本性，或是其性風流等等，社會人士多以諒解的態度待之。有朝鳥倦回巢，又成了「浪子回頭金不換」。為妻者多數是感恩戴德，甚至要更加倍的溫柔侍奉，不是嗎？失而復得是何其珍貴呀！

婦女操持家務，生兒育女，全部的精力付給了家，自己省吃儉用，一生無怨無悔。憂勞最易老，臨鏡細照容顏，覺察日月多麼無情。點數面額上被輾成的痕跡，才醒悟已步進晚景，不禁默然無語；未敢屈指細算，還有多少個時日讓我為家勞力費神。

既已領悟，一切仍未能舒懷，夜深思量，我這一生沒浪費嗎？苦過了也甜過了，撫心自問，算是清清白白的無愧。明日復明日，單程車票讓我驚慌，細數鬢上染髮劑掩不了的銀霜，已霸佔前額，我竟感到絲絲驕傲，這是我一生的見證，古人常說：「不許人間見白頭」嗎？我終於有白頭讓親人看到，連朋友們都見到了呢，若有緣將來也許連讀者也能看到。

二〇一三年十一月十一日春末於無相齋

夢裡的繁華

人到暮境，常常會浸淫於回憶中，對逝去的時光有無窮的依戀。朋友們常勸我凡事放開，我並非固執，也不是活在過去，是以平常心享受懷念，回朔那色彩雜陳的往昔，是一種別人很難體會的快樂感。

童稚時，特喜歡華燈初上的夜景。那時刻，我定會按時坐在椅背上，欣賞黑漆漆張開天幕下的長街夜景。小腦袋枕在窗檯上，靜觀餐館和小販忙碌地張羅擺擋攤，他們輕快地哼著當時流行的歌曲，或高聲和鄰攤的人交談，處處呈現愉快的景象。一邊廂生起爐灶，悠然有序擺上各食物，殷殷等待夜遊客的光顧。

這條參辦街，是越南堤岸華埠的知名「為食街」，共擁有閩南、潮州、越南、粵式各知名小食及正統餐飲，六點後都有裊裊煙霧昇起，傳送菜香。那用電線掛吊的串串燈泡，縱橫互架的彼此糾纏，爭讓長街對映星月，加倍增添夜景的亮麗。老一輩的住戶，皆曾目睹及見證其繁榮情況。

夕陽漸漸無力發勁，退讓萬家燈火臨場。石板長街被連續不斷木屐和皮鞋聲浪敲亂；空氣也被街角「六國舞廳」熱情舞曲搧動，不禁擺動搖晃串串燈光，讓居高臨下的我，眼瞳忽感潦亂。

這時，處處飄送令人垂涎的誘惑的香味，紛紛引來了四面八方的各類遊客，向每一攤前專注地選點，又悠然佔位耐心等著享受口舌之福，也有只為醫治饑腸，匆匆買了現成的食物，落座後未顧食相，狼吞虎嚥了，年少的我為這等吃相而偷笑。心裡想若我和弟弟也如此效法，定教管家蓮姐用雞毛鞭對待了。

屈起小指點算：有雲吞麵、皮蛋瘦肉粥、豬紅、豬雜粥、煎芋頭糕、炒年糕、燒蟹、烤雞翅、三色冰、綠豆沙、紅豆沙、蓮子湯圓、牛肉丸、魚蛋串、燒賣、油條、煎堆等點心，尚有西瓜、木瓜冰、榴槤、芒果、鳳梨、連當時進口的葡萄、蘋果、梨子等各式水果應有盡有……把年幼貪吃的我，引至饞嘴垂涎。

我家屋簷下那檔專售果王，一個個或綠或黃的帶刺香噴噴的榴槤，被闊寬的屋簷蓋掩，但那陣濃郁的香氣，不停送進嗅覺，頓使喜愛榴槤的我，坐不能安了。偶然抑不住食慾，會求外婆買，反正是有求必應。也有些流動小販，背著木腳架，肩上托一大鐵盆，內擺雞、鴨、豬等的滷味內臟，五香混合之味，頻頻刺醒我的嗅覺。每一晚上，我會準時落座，穩踞樓窗，就為熱愛那種繁華氣氛，而且還能餵飽我的視覺和味覺。

外公家對面的六國舞廳，有兼備售西餐、中餐部門。高高懸掛的霓虹燈招牌，通宵達旦閃爍璀璨的彩色。華燈初亮，月上柳梢頭，是人約黃昏後的美麗時光。僅見紳士淑女，三三兩兩從新款轎車下來，那美麗的高貴服裝，令稚幼心靈頓起艷羨。

對舞廳的環境，我是頗熟識。因外公常常邀約商場上的好友，在此處消遣，得寵的我必可列席跟隨。當外婆雙雙起舞時，我也不甘寂寞，抱著洋娃娃站在桌邊，隨樂隊演奏而轉動，回想這該是我最美麗的童年歲月。

好夢難久，當外公腦溢血後，生意結束；連樓下也租給外婆誼女，我的姨丈開餐館。昔年泡戲劇院，或在樂隊下翩翩搖舞的日子已不復再了，所謂好景不常。晚上見到對面舞池的雙雙儷影，耳際仍飄傳悅耳的舞曲時，內心總感隱隱的陣陣悲痛。

彷彿那樂隊敲擊的棍，正每拍打在我心坎裡。唯一不變的是月兒登場時，天上皎潔的華光，依然輸給串串的燈泡，和不停閃耀圍鑲招牌的霓虹亮彩。各攤位並未因我家是敗落戶，而吝惜地遺棄我，空氣中仍是免費頻頻飄送誘人的食物香。

數年後，經濟更沒法支撐，終於整間本來的紡織廠也讓出了，我也僅好隨雙親移往新居。參辦街的熱鬧夜景，從此與我絕緣了，讓童齡期的心坎裡留存著無限感傷。

即將抛家棄國逃奔汪洋前，特意造訪故園，經歷十多年的改變，剎那把我驚醒了。原來淪陷後的長街，已現異樣，較它的石板路更清冷和殘破，只剩餘街角的「中和堂」中藥店，還遺留飄不完的中藥香。徘徊再徘徊，躑躅再三、就是見不到一位昔日舊街坊。

那時，我真的非常難過，為何浮世繁華和熙攘人群突然消失了；過去的一切真是如煙雲驟散？以往的熱鬧，那華燈初上的盛況，已成了我的夢裡回憶陳跡了。

二〇一三年十一月廿七日深春於墨爾本

劫後烙痕深

暮秋時節總易牽愁，尤喜翻動心坎裡塵封；那絲絲仍未銹蝕，那深深如雕塑的痕跡頻頻浮游。凝望玻璃窗外那滿目蕭條景象，更易撩起如麻般紛亂思緒，而漸漸任神馳往昔。

追溯一九六八年的南越仍充滿「小巴黎」浪漫氣氛，人們生活悠閒安逸。寬闊人行道上，各色各種小販叫賣聲、和食物店裡侍者呼應聲，更把阮寨街興旺與熱鬧景象呈現無遺。那露天擋攤前有三兩人群正高聲談論，是昨宵特別刺耳的斷續槍聲，但市民神情卻安恬如昔，彷彿談論故事，未顯驚悸惶恐狀。

忍受著臨盆前陣痛，強要母親伴我到此，就為那碗堤城聞名的生滾魚片粥。香噴噴配上油條，連腹內嬰兒，也在鼓掌贊賞，認同為娘好主意。之後，我乖乖地入住此街尾段，由七姑管理的「永福產院」。

呼天搶地大哭，割肉拉腸般劇痛後，三兒才肯頑皮誕生，家姑特下令讓留住產房半月。因內戰連連，使母子皆有妥善照應。匆匆三日，我內心煩惱不安，入睡艱難，好像是大禍將臨。初生嬰兒也頗反常，啼哭頻頻。越聽越有惶恐感，終於外子看我苦苦哀求，他只好違背慈命，把我們接回家了。

當晚，槍砲聲不輟，飛機在天空盤旋，軍履徹夜把街巷踏響。破曉時、門外忽然靜寂得教人提心吊膽，荷槍野戰部隊竟倚坐門階，臉色凝重；全神注目街頭巷尾，用鐵絲網拉起的路障。道上七八具屍體，衣物淩亂陳列，並佈滿斑斑血跡，家家戶戶僅敢半啟鐵閘，伸頸探望，又驚惶地拉關門窗。

行銷員亞光終於出現了，他不禁連聲地說：「大嫂好福氣啊！昨晚產院一帶被越共突擊，產院不幸中砲彈。大嫂所住房間已中彈炸毀，真是福大命大呀！」家姑為了兒媳抗命，那仍然鼓著的腮，即時舒展平坦。也許她老人家心裡暗自慶幸，未鑄成大錯呢！而我母子也慶幸逃過鬼門關。

南越經歷了二十多年來槍砲頻頻驚夢，人們朝夕祈盼的是和平。在一九七三年美國有意放棄南越，執政者已無力無能，只好拱手相讓。可憐被蒙在鼓裡的民眾，仍未察覺越南正逐步遭赤化了。

一九七五年後，被稱許為小巴黎的西貢不再浪漫了。打擊大資產行動，正覆天蓋地在南越全境張網，經營工商企業的華人，皆明知禍劫難逃，沉默地朝夕恐慌。我和外子也遭多番審訊，查究保險箱財物收藏何處？忽然來幾位軍爺把我們帶走，讓全家頓陷入愁雲慘霧中，整日忐忑不安。幸錢財能保平安，全家人也是倚仗財神爺才得脫離禍劫。

偷安的日子是寢食難安，以為能享受和平生活，明白已成奢望，親屬朋友都在暗中籌措，尋覓可逃之徑。人們更懂得謹慎、學會認貧作假裝笨地默默等待。那段時期，真會開玩笑的時光，流逝步伐卻慢若烏龜爬行。深夜風吹犬吠會令膽震心驚，偶然一聲槍響又害怕是戰火重萌。如此惶惶終日，生活僅為祈盼脫離苛政的綑縛。為了換取自由，寧願罔顧危險；用整家老少的生命作豪邁投奔汪洋賭注，且已妄視輸贏，一切交付給命運。

本以為和平後人人一覺到天明，當初越共進佔西堤時曾高呼口號：「人民政府不取人民一針一線。」果然如其誓言，他們是要搶奪人民的全部產業，怎會希罕那區區針線呢？不禁非常敬服前南越共和國總統阮文紹先生，竟深深認識共產黨的所作所為，故曾說了一句至理名言：「不要聽信共產黨所說，要認清楚共產黨所做。」我們這群怒海餘生的難民，已將此金句牢牢刻在心坎裏，永遠記憶這苦痛的經歷。

也讓我永生難忘在澎湃浪濤，天水連綿，極目無岸茫茫大海中浮沉時刻。生死已沒法預料，人變得很卑微，不如蟲蟻，一切一切皆是任憑冥冥主宰了。明天能否存活對我們成等待的奇績和奢望，日夕倚立船舷；凝注搜索浮游的木船殘片斷板，內心陣陣被剮殺般刺痛。縷縷枉死者的鮮血，把天際彩虹染映份外脆異；使落日也無力掙扎，跌泡血海中！

那班被浪濤日夕戲耍，昏昏沉沉沒生氣的船民，終究能如願登岸了，卻是一個被大海環抱著的荒蕪孤島。每日烤煎在炎炎酷陽下，在熱汗狂流揮抹不乾中喘息。整天極目滄茫海灣，祈求能有丁點黑影在眼瞳擴張；那怕是小船或軍艦，這種悲苦，那千百般的無奈、那徬徨真是拙筆難於描述。面對老人們哀哀嘆怨，稚幼聲聲饑渴哭喊，斯情斯境問誰能忘掉呢？

經歷了生死浮沉，對民主自由更懂得珍惜；尤其澳洲這塊人間樂土，是避秦客們的桃源福地。子孫們能健康地幸福成家立業，紮根續延香火，是怎樣修來的福報。寄語能活在這老有所終，幼有所養的人間天堂的幸福者，該永遠支持和保著自由和平，千萬別為一己之利慾，把這片福地被混濁紛爭污染。我難禁暗暗祈願，這塊桃源勝地更艷麗更永遠馥香。

二〇一一年五月季秋於墨爾本

婉冰與外孫李強於2013年10月19日史丹福大學內。

生命的奇妙

這次專程為參加兩場婚禮而赴美，十五小時的飛航，體弱的我本來非常疲累，但為了孫兒李強，第二天早上便要女兒陪我到史丹佛大學，參觀這座世界聞名學府。校內面積頗廣，意大利式建築的校舍，是多麼的古雅宏偉。不禁羨慕那群學子們，能在如斯美麗幽靜的環境求學。

怪不得今年該校竟有三位教授，同獲諾貝爾獎。踏著單車匆匆走過，坐草坪聊天，或在樹蔭深處埋首看書的青春群，學生們皆是肩負重擔；是父母的希望，國家的棟樑。這學院是我第二次造訪，上次約是十年前，媽媽和我隨女兒及外孫強強同來，當時少年的他竟對我說：「將來我會在這裡就讀」。心想多麼昂貴的學費，太天真的夢想吧？

遠遠堆起笑容依然稚氣臉孔，長成身形高大帥氣的乖孫強強。他連跳帶跑趨前把我緊緊擁抱，急急地為我做嚮導，引領並滔滔介紹校內各景點。他無限興奮地說：「已約好三舅和小舅舅兩家，下週來參觀他的宿舍。」看著青春活潑兼健碩的他，我為女兒驕傲，也為先父當年對曾孫的無微照顧而告慰。

尚憶十八年前的十二月，大女兒從美國致電，那淒淒哭泣的語聲讓我驚慌，「媽咪，妳當外婆了，嬰兒已在幾天前出生。醫生說僅六個月不足是較難存活的，只有五成的希望。」她不停的飲泣，安慰也徒然。為此我整夜輾轉，和外子商量，決定向工作單位請緊急假期，兩天後，獨自帶著惶恐焦慮的心情，匆匆飛往舊金山市，心急的巴望噴射機的飛航時速能加倍。

剛放下行囊，來不及和雙親訴離情；便急忙隨女兒往醫院探視可憐的小外孫。在那有特別設備的玻璃箱裡，靜靜地躺著不動的小軀體。全身由頭到腳的部位，都或插或貼縱橫交錯的針和膠管，小箱邊排列心電圖機、心脈測量機、血壓器、助呼吸器、氧氣輸送筒等等……。

看著脆弱的小生命，正和死神硬拚，我內心悲苦和隱痛。天花板懸吊六盞日光燈，我仍感室內氣氛的寒凍。雖然對醫療知識非常貧乏，甚至一無所知，但眼前的景像，已顯示並不樂觀。趕忙挨近女兒，緊握其手輕聲安慰，要她對醫學的進步有信心，定有奇蹟和希望。

院方每天有三位特別護理照料，二十四小時輪班，不禁對美國的醫療致敬，一個初生嬰兒也如斯重視。眼看小生命飽受折磨，內心絞痛，只能默默祈求，望能代替他，甘願折壽挽回小生命。願乖孫無災無難的成長，以慰女兒悲痛的心靈，試想初為人母的她如何承受這種打擊？

女兒沒福氣享受坐月子的優惠，整日廢寢忘餐的往醫院跑，到達後便猶若痴呆般的對著兒子凝望。探訪時間已過，仍不肯離去，護士們明瞭初為人母的情懷，也破例放寬。身為母親的我，非常擔憂女兒的健康，不忍阻止只好陪伴前往了。如此境況，也難抑同聲共嘆了。

早產兒情況未穩定，時好陣壞的變化，且找出的毛病越來越多。醫生一通話，足令女兒哭斷肝腸，愛莫能助的我，僅能在房門外徘徊勸慰。雖然目前不樂觀，深信人如其名李強定會堅強。經過二十多天的救治，李強竟能輕輕擺動手腳，醫生也稱奇蹟。證明嬰兒心臟的缺口已漸合成小洞，再不用動手術了。謝謝天，本來插在肺部的小管取出，改用氧氣罩，孫兒算是福大之人。

我們歡喜地期待，聆聽這天底下最悅耳的嬰兒啼聲。他生命力極強，在我回澳的那天，護士特讓我抱他，已增重了二磅多。我小心地緊摟著這奪取了其母算不清血淚的孫子，已可睜眼看這遠程飛來的祖母，讓我不禁灑下喜極的淚珠。

把嬰兒抱回玻璃箱，插上各針管時，他竟手腳齊動以微弱的音波啼哭。醫生說仍要留院最少三個月，因為還有問題要繼續治療。我們對現今醫術的進步，和所有的醫護人員非常感恩，把本來五成的希望變為奇蹟，讓我帶著喜悅回澳洲。

「婆婆、這裡風景好，來、和我照一張。」強強未脫童稚之音呼喚。真的，那長長以拱門形式相互銜接的室內走廊，都有精緻的雕刻，處處透溢古雅的幽美，我東張西望的如鄉巴婦進城樣。仰視身旁的乖孫，無法把當日讓人哭斷肝腸的脆弱嬰兒聯結想，這每天要花三千美金轉危為安的小生命，真是非常值得。回望女兒，她嘴邊正滿呈慈愛和幸福的微笑呢。

二〇一三年十一月季春於無相齋

明日已天涯

雙親已棄我辭世，從來沒想過如今的我成為家族中的長輩。是遲暮境的心態？是老年期的通病嗎？竟迷迷茫茫地終日把思絮飄進塵封的記憶裡。

深諳每回相聚的喜悅，匆匆過後，分別時肯定數倍奉還。明明知道離愁最苦，總難免會殷殷求訂再見之期。回程飛航途上，開始編織重聚時的種種計劃。

尚憶每次回美國承歡膝下，嘗盡爸爸的廚藝，由其親自烹調的各款美味菜餚；我的狼吞虎嚥相，家父定是笑逐開顏，不停為我挾菜。

幸福的時光如箭馳騁，又要依依話別了。年邁的雙親眼眶內欲墜還藏的淚水，那顯露的難捨之情，被撩撥起滿懷愁波汎漲的我，心坎隱隱絞痛。回首凝望，兩老靜立梯前的瘦削身影，深深烙刻在腦中。朦朧的影子牽引著，車窗裡的目光已漸拉遠，越遠越模糊，愁緒卻是越清晰更綿長了。

分別後又開始埋怨和追悔，相會時沒有好好珍惜分秒，貪婪於物質琳瑯滿目的商場。當車子轉進高速公路，我已難抑悲傷，悽然飲泣了。把暫作司機的女婿，嚇得手足無措，僅女兒明瞭我此時的心境，輕輕拍按那不停抽動的肩膀，頻頻為我送上紙巾，以含淚的目光給我安慰。

雖說兩年或三載，定回娘家省親。基於要為孩子的教育和生活負擔，皆難侍奉時間超越四星期。日月不停奔馳，漸漸雙親的霜鬢皆是越堆越密。平日樂觀的媽媽，雖然仍是滿臉笑容，但鬢髮早變成完整一頭銀白了。幸好歲月沒法把母親的面容變皺，只讓五官更清秀更慈祥。

常常喜回憶往昔叱吒風雲的爸爸，卻容顏落寂消沉，體格也消瘦了。雖然未顯龍鍾之態，那本來充滿靈光的雙目，難以尋覓昔日的光芒，已見其顯現老邁。昔年讓我姐弟驚怕的瞭亮聲音，也變沙啞。但仍可見到的是爸樂於助人的胸襟，和那份瀟灑豪情一絲不減。思憶每回省親時，常常偷偷嗟嘆，反哺無能力；遠隔千山萬水，又豈敢自圖安逸而無所牽掛呢！骨肉畢竟是心連心呀！

家父辭世後，真是難為家母了，她為憐惜兒女各有家庭，故常作輕鬆說：「別多擔心嘛！相士當年為我批命、早已說我命好，還斷下這兩句話：『日日路上行、亦是心不足』的安閒命格。」

媽媽每次踏入商場，定感精神百倍：「看呀！每天上樓下樓從未疲倦。若不是醫生叮囑，我早已四海旅遊了。」母親終於說服醫生，能來澳洲看望兒孫了。老人家到來，我的孩子最雀躍了。媽媽是童心未滅，每次都像聖誕老人般分發禮物外，還計劃很多飯後的餘興節目，闔府同樂。或飯後要孫兒輩陪著搓麻雀，讓處處充溢歡笑的聲浪。從此，母親會三年兩載的訪澳，相信媽媽是享往陪孫輩和曾孫同樂的時光。

母親離開我們已整整兩年，孫輩們仍然津津樂道外婆在澳的點點滴滴。雖說生、老、病、死是自然定律，無法也無能挽回；試問誰又能真悟大道，像莊子般破除執迷，擊鼓而歌呢？真要把一切一切交於自然。愚鈍如我者，更難參透玄機。故把自己終日困鎖愁城，硬將愁腸百結了。

機場鬧口最最傷心斷腸的道別語，仍清晰如昨。以往從美國回澳洲，總是請求爸媽別親到機場送我。但門前揮別，互道珍重，流淚眼看流淚眼的情景，使長期繚繞不散。早知今日分別，是明日重聚的希望已永遠不再。現在我的兒女各成家，輪到我寂寂寞寞守在空巢裡，等待復等待，僅期望闔家團聚的日子蒞臨，正如從前雙親期待我一般了。

至此，不禁又翻起舊恨，怨一句苛政害人，把本來幸福的完整大家庭放逐，成了五湖四海的各處一方。也偷怨天道無常，讓一群群怒海餘生者，都若浮萍也像孤雁和親友遠離分散。縱然有日能重聚，相見時難免歸航也有折翅之嘆了。

鏡前細認，那張曾得父母寵愛的容顏，已皺紋略現。蓋頂的髮絲，經染色後仍見鬢角的斑斑灰白。時間的光輪不停地轉動，已逝的歲月卻偏偏喜作弄，清晰地回流。我的心境是有如被重壓的沉痛，終於再不矜持了，放縱長久抑制的淚水和悲聲一同溢瀉……

二〇一三年八月殘冬塗於墨爾本

猶憶當年勇

我們並非鉅富，但丈夫經商順利，且持家節儉，每年盈餘頗豐，尤其銀行存款數目可觀。自從越南易幟後，實施整肅和大清算行動。智慧的家翁，對紅色政權早已洞悉，召集外子兄弟三人，耳提面命，囑咐步步為營，以防惹禍，我也把鮮艷的衣裙收起，開始學習騎腳踏車代步。

那時始，三個家庭簡衣縮食，所謂財不可露眼。雖然如此，長輩們依舊長嗟短嘆，愁眉不展，就怕難逃災殃。

那天大清早，門前忽然來了一隊士兵，是穿草綠闊褲襠軍服和綁帶涼鞋的越共；他們荷槍持械的用力叩動鐵門，非常兇惡地不由分說，把外子帶走。

當日的我不顧一切，緊緊拉著丈夫的手不放，歇力地和惡狠的越共們較勁，高聲呼喊拉拉扯扯，終於還是敵不過那群強蠻士兵。翁姑和家人彷徨無計可施，僅有愁眉共對，聽天由命地焦慮等待。

我那時的淒苦和驚恐心境，是筆墨所沒法描述。雖然清楚明暸丈夫沒有犯法，但往往「莫須有」之罪，依然足夠讓憂慮惶恐。親友辭別後，我擁著幼兒女們偷偷灑淚。黃昏已臨，佣人（她們捨不得離開我家，留下假裝是我的親人）弄好飯菜，我也難下嚥。

夜深沉、天際群星閃爍，彷彿撫慰我無限悲苦愁懷。整晚緊緊貼在鐵閘向外張望。終於、那以緩慢步伐的身影，和一張疲倦不堪的臉出現眼簾，我含在眼眶的淚，也似斷線珠串般連綿滑下。

外子總算幸運，竟能安然回家，且毫髮未損。被整天的審問折磨，饑渴交迫的他，用湯水和米飯裹腹後，才道出其一天的經歷。

原來他是（受邀請）到國家銀行，查問有關戶口存款來源。中國人的傳統習慣，家財多由長子管理；生意是兄弟共同經營，將來分家後才可各自為政。幹部們擺出晚娘面孔，不厭其煩反覆迫供，仿如外子偷竊國家錢財？或是犯了十惡不赦般。後來多項證明是正當來源，終算僥倖度過這一關。

越共對查封人民財產，真是辦事幹勁滿溢，不容有片刻喘息機會，接著把外子帶到保險箱部門。偌大的客廳除了一張長桌，八張椅子外，四周空空盪盪。立刻進來七位身穿如醫生服的沒口袋白袍，落座後命士兵帶上保險箱。

外子看見箱子早被打開，零亂不堪。那位列坐中間的人開腔，粗聲追問保險箱內的珠寶金條，縷縷冰冷的聲波，在空闊的大廳中飄盪。（其實家翁對越共的施政，早已料如反掌；在舊政權決定放棄越南時，已命令長子把寄存保險箱內全部財物拿回，悄悄埋在地底了。）

那人又說：絕不相信中國人的保險箱中，只有存放房契、報生紙、購車文件等等。反反覆覆的追問，實行以疲勞轟炸，想讓外子受不了而招出珠寶的去向。勇敢的外子把嘴巴閉緊，報以久久的沉默。長長的半天比併耐性，全沒辦法，僅得把外子釋放。有些親友因未能及時拿出鑽石、金條，因而像送大禮給越共，幾把那班共幹的臉皮笑破。

不料、事隔一天我立刻成為新箭靶。坊委會越共一反常態，禮貌地把我請去。初時和顏悅色的套問，不得要領後，便漸漸厲聲粗氣恐嚇。仍是老問題，頻頻追究金銀、寶石是否早已移去，堅信營商人民不會傻，開保險箱僅放文件。又說，再浪費幹部時間，有權把我夫婦倆收押待查，或將我家驅趕到經濟區。

那時的我被嚇得汗透衣褲，幾乎站立不穩。看著坐在對面的坊委，一臉得意樣，心裡的怒氣驟然高漲。既是無人可幫解圍，便鐵起心來抵抗，滔滔辯論一番。所以開保險箱，是因為近年零星戰亂不絕，火災頻生；為了要保護最為重要的文件，才租用保險箱。坊內幹部們，除了助我排毒流汗外，一無所獲，乖乖地把我放了。

可怕的政權，可惡的地方官，他們是死心不息，又玩新花樣。那晚、月兒皎潔，群星閃亮，晚風陣陣煽涼之夜，我又被（邀請）開會，這次是徵用某鄰居的大廳。當我抵達時，席地而坐的，都是我左鄰右舍的街坊。那位樣貌可憎，操著濃濃北方口音的幹部，高調展腔。首先恭維我年輕和善，難得竟育了五位國家棟樑，我心裡不禁透絲絲甜意，暗讚此人算有眼光。那時我的長女也快十二歲，只怪我像家母般，面容清秀膚色較白，加以平日養尊處優之故，讓實際年齡給掩飾了。

跟著他轉入正題說：「怎樣看和想，也沒法相信五個孩子是妳所生，肯定是替被打資產者收養，或偷運財物。」天呀！我像五雷轟頂，差點昏去。這罪名太大，我怎生吃得消。

畢竟曾經歷審訊，立刻清醒過來。勇敢且憤怒的我，再難容其胡說八道，自動站在中間，理直氣壯反駁。鄰居們也未畏強權不再沉默，紛紛同聲代辯，為我證明。並且指出每當嬰兒彌月，皆有吃到紅雞蛋，也有多位女士曾到產院探訪。

我的氣憤在不停高漲，加上理直便氣壯。我高聲質問年輕多產是否抵觸國家法制？無故加罪應道歉。那位名亞才的幹部，看到群情洶湧，也怕眾怒難犯，立刻巧妙圓場。說是怕我人太善太年輕被壞份子利用，才奉上級命令追查，既然大家作證此事不再追究了。我含著欲滴淚珠，懷抱一腔憤怒向各街坊致謝。

其實我本性柔弱，至今仍然未慣當眾發言。年輕時，家父也為我太怯懦而擔憂，意圖改變和訓練我，總是徒勞無功。這次也讓自己吃驚，居然面對強權與苛政爪牙們論駁，不禁也為自我表現而喝采。

至此總算是明白無論任何環境下，遇事要鎮定。拿出勇氣，定能化險為夷。經這兩次化險為安後，我再不像以往般遇事畏縮緊張，一切一切我都會勇敢面對呢。

二〇一四年二月盛夏於墨爾本

閒轉萬花筒

不管天氣陰晴，白天或傍晚，總愛閒坐窗前遠眺，多年來已習以為常。極目天地，靜靜觀賞雲移葉舞，細數庭園群樹結蕾，留意花開花殘。每當繽紛艷容展現，香氣隨風飄散時；群蜂嗡嗡臨場唱頌，百蝶不甘示弱，圍舞翩飛採蜜忙。

那時，我緊緊倚在窗框，悄悄把靈魂放逐，任其隨意遊蕩。忽然又雙眉難舒，是擔憂能持多久，僅霎眼風光，輕易花殘葉落。家人對於我偶然的痴呆樣，是改變不了的習慣，故僅有讓我獨佔空間。

碧空雲朵浮動，悄聚輕散。忽現波海游動，霧靄雲山，錯覺仙景神蹤？是蓬萊月殿？正惋惜未能展翅高翔，偷窺仙山；驟然龍騰鳳舞鷹翔，卒然換了景象。天地間的千變萬化，讓頓生感嘆。不禁暗自欣喜，仍身處紅塵，日日知足常樂，平淡中自會安詳。

是頑童潑出灰彩？是織女的破舊灰裙色彩脫落？又或是織女久蓄的淚珠？那點點的溢瀉，竟也讓雲天遭染，把天地的節奏弄亂了。聽不到金鼓雷鳴，忽現萬馬奔騰，羽箭脫弦縱橫。可惜數株位列前排，剛登場的白茶花，首先被摧殘，花瓣片片零落凋墜。激起翠柏俠骨柔腸，藉其幼如小針的嫩葉，暫當鐵壁銅牆，掩護樹旁的小小薔薇。偏偏是素喜騷首弄姿的玫瑰，仍自誇高明，笑擺腰肢含苞待放。滿院綠草隨風舞動，任風雨沐浴，堅定不改，信誓日旦說：劫後必重生，要重整青翠姿容，替大地添色。

雨後萬物更清新，窗外景象似靜還動。對戶那座平房，佔地頗廣，是高齡滾球俱樂部。平日是靜寂無人，除了老樹幹敲響亮紅瓦頂，偶然發出較大的聲音外，僅餘鳥鳴雀唱。黃昏時、鄰近數座信奉各異的教堂，都會相約般搖撼鐘錘，把空氣震響。若遇心境欠佳，心緒紛亂時，經清徹的暮鐘匆匆撫慰，也會暫舒愁眉，蕩氣迴腸。

滾球季節，對街的廣場，耆英雲集。這班長者們虎背熊腰，精神飽滿。女士的白衣褲在草地上走移，仿若在跳探戈般規律有致，青春氣色依然瀰漫。那時、每日車水馬龍絡繹不絕。兩旁並排銜接的各類轎車，擠據闊寬停車道，猶如是汽車展覽。昔日的安靜長街，被報分的擴音器無情揉碎了。

內心常常計劃，要成為場中的一份子，把餘下的精力去滾圓球玩玩。故閒聊說：「不若我倆也參加滾球會，一、可以當作保健體操，二、可解除暮年的寂寞，三、僅一街之隔，免往來交通的麻煩，是有利而又方便。」但說儘管說，年復年、日過日總沒下定決心，讓身體力行。想想本人真是懶散極了。

黃昏將盡，夜幕低垂，夕陽仍然強撐一絲絲殘輝。門前這條直通火車站的主要通道，行人往來特別匆忙。有勞力售盡，倦容難掩，步履蹣跚。白領族面容悠閒，依然步伐加快，歸心似箭了。主婦們手拿大包小袋的，比誰走得更快，是趕著回家張羅晚餐。

僅幸福的高齡男女，悠閒地牽手散步送落日，享受黃昏殘存的那抹璀璨。間或，不甘寂寞的犬隻，亦跟隨主人插人畫中。偶然的吠叫聲，驚動街頭那大草坪的十數座墳塚，已安睡百多年的幽魂被喚醒，深恐畫面中加添鬼魅飄盪，我也急急遠離窗檯了。

窗外的景物永沒靜止，時至今日，我倚窗之情依舊濃烈不減。籬笆旁的枇杷樹和無花果，足可見證。每當盛產季節，那沒花自結的果實，密密生長，由青澀變微紫時；和串串由淺綠轉金黃的批杷，定引誘我至院中採摘。僅看我每每和鳥雀爭奪，絕沒錯過機會，就知我日夕眺望之情了。

以後的歲月裡，若我依然行動自如，肯定繼續觀賞，何況窗外的雲起雲散，彷彿世間無窮的蒼桑變幻，總讓我思緒飄飛，編織幾許陳年美夢……。

二〇一四年二月盛夏於墨爾本

艾爾斯岩之旅

參加這次將近六千公里路程之旅，懷著穿越沙漠，探索中部土著地域文化為目的。雖然沒有候孝賢監製《八千里路雲和月》的豐富內容，但對沿途荒涼景物，期盼在原來生活外，有開拓視野的收益。

外子是極其勉強陪行，他擔憂體康較弱的我，會出現某些狀況。幸好經一天車程，團友相處融洽；彼此關懷照應，沿途妙語如珠，引起串串笑聲。各款零食不斷傳送分享，使我本來忐忑心情、已漸拋漸遠而漸趨平靜。

這趟長途跋涉巴士之旅，大家共同目的，欲探訪位列世界七大奇景，兼被稱地球上最大單塊岩石而來。團友們發揮中華民族堅毅和大無畏精神，在歡樂中勇往前進。

那夜，與星月同行，邀晚風墨雲為伴，在街燈昏暗如豆的長途奔馳；竟把睡神放逐，對周公爽約了。同車印支華裔居多，讓曾經歷怒海餘生的一群，又勾起記憶，懷絲絲驚懼。車內暗淡如螢火燈光，噤若寒蟬氣氛，彷彿是等待點名登船時刻。所異者，是各人正養精蓄銳仍難抑喜悅心境，自願不辭勞累，意圖掀開原住民視為聖石的面紗。觀賞這塊歷經天地播弄，聞名遐邇的色澤變幻無常奇石。

沿途態度謹慎的司機馬克（Mark），對直蹤橫躍的袋鼠、駝鳥、馬牛極禮讓。正好使醒睡參半的乘客們，體驗那驟然急剎車感受，且助動物招引雙雙迷朦凝注的目光。車廂內立刻爆起呼嘆聲，急忙引頸張望，高大且靈活的袋鼠已急忙跳躍，匆匆沒入漆黑中。路上不乏被車輛輾死的動物遺體，足供食尸飛禽飽餐了。

性喜旅遊的我，難以安分休息，獨自極目搜索，頓感失望。本以為旅途將呈現連綿無盡丘陵沙漠，寸草不生天地無涯浩瀚。但映入眼底僅有滲石紅土，疏落凌亂發育欠健全矮瘦小樹，樹旁數叢可憐乏翠莖綠草，僅孤獨地呆滯搖盪。搜索無垠視野，難覓片瓦和一絲半縷炊煙。放眼是隱約縹緲薄霧，處處盡顯荒涼。這裡因水源缺乏，土壤貧瘠，不宜耕植早被世人所棄。惋惜之餘，細細計算這遼寬空間，正可安置很多無家可歸，四處流浪的人群。若真能妥善開拓，將來對澳洲經濟，肯定會獲得不淺收益呢！

晨曦未露，大地一片漆黑。團友驚呼聲凝集整車目光，眼前是披著面紗迷朦長長岩影；它若一塊巨型枕頭麵包，又像一塊惹人垂涎巧克力，像在任何角度都能展示其魅力。

下車後蝕骨寒風恣意逞強欺我，匆忙把頸巾拉緊，斷斷續續旅客湧至，喜悅歡叫聲皆混雜抖索音韻。敬業導遊黎小天（Michael）已忙著架起長桌，開動石油爐為我們弄早餐、準備沖即席杯麵和煮咖啡。團友們忙於各自佔好位置，瞄準聖岩努力爭相謀殺菲林。

太陽宿醉未醒，半推半就地慵懶爬升，頑皮地悄悄把簇擁的週遭雲朵也灌醉了。竟又蓄意賣弄才能耍弄聖岩，使色彩隨其光芒蛻變。忽見深褐又化赭紅，匆匆又仿如橙紅，瞬間是隱現彷若鑽石般剔亮的光芒，含蘊一股神奇力量。至此才明瞭原住民們對這巨岩喻為聖石，奉仰膜拜也非盲目之舉了。從明信片展示九種顏色，是整天不同時間的各異景觀，本團因時間所限，只能匆匆遊覽。知識經驗皆豐富的導遊，率領循岩底觀賞，每個奇異景點都詳加解說。終於各人對原住民固有風俗，才算是略窺一二。

經多天共處，團友皆已建立友誼；這三十二人彷若一個大家庭，彼此照應和互助。各人擺弄諧趣動作，把自己當背景攝錄奇石各異的姿態。

所謂聞名不如見面，見面更勝聞名。據說、這塊從海底凸浮而出，歷年年月月風化侵蝕，受日月蒸煮映照含鐵質的大岩塊；周長九千四百公尺、最高三四八公尺，它是世上最大單塊岩石。此行筆者本不敢有太大奢望，僅認為身為澳洲公民，對列入世界級景點，該參觀捧場嘛！未料有此收獲，深慶此行值得呀！從每一角度欣賞異別縱橫銹蝕條紋，大小不等散置穴洞，使人驚嘆大自然創造藝術的鬼斧神工。可惜時間匆促，未能盡興觀賞。建議計劃將來到此的旅客，切記留宿一宵，始能充足地瀏覽其包含的多款變幻，才算不辜負跋涉遠程的疲累。

傳說，岩下一草一石千萬別妄生好奇心而悄悄拿取，若隨意撿拾攜帶回家，定會招至無窮禍患。難怪導遊千叮萬囑，不厭其煩；禍福之言寧信其有，故沒人膽敢恣意冒犯。

原住民視此巨岩為神物，聖潔不容侵犯；所以嚴禁遊客們攀登，無奈人們都有征服此岩的狂妄。市府為保障生命，已開平坦棧道，設鐵索扶攔，方便好奇的人群扶搖直上。仰視這光禿禿石岩，其垂直角通道的險峻，難怪豎牌上註明危險和遇難者數額。人們傳說，或許遭意外者，是因觸犯聖石而被神靈施予懲戒吧？

驕陽漸漸放縱，高高懸立長空。趕路的一群，戀戀不捨地登上巴士。各人戀棧不捨仍站倚車窗，把焦點集中。視線皆凝注於淡橙色岩頂，懷著未能盡窺全景的遺憾。司機先生頗諳情趣，緩慢地沿聖岩繞圈行駛一週，又撩起團友陣陣歡呼和感謝聲。又再次群起湧向車窗，都瞄妥鏡頭，急急作最後努力。岩影越離越遠，漸漸由朦朧而至消失。

親切的張耀民會長，為解旅途寂寞，又在站起說笑話了。每次聽眾來不及響應，他自己早爆出豁達而前仰後仆的歡笑聲。大家忘卻疲累，揮別這披星戴月之旅，歡歡喜喜踏上另一景點。

二〇一一年五月二十一日季秋於墨爾本

初迎紛紛瑞雪

作者於德國慕尼黑市。

飛機仍未著陸，已為飄舞的潔白羽毛驚嘆。初次被書本中描述的雪花感動，那白茫茫的窗外奇觀，讓我疑夢或幻，差點忘記已抵達德國了。外子的二弟接載我倆從百來梅機場到北德小鎮途中，迎入眼簾是一片片冬景迎我，極目蒼茫。兩旁凋零的花樹，皆已換上銀裝。雪花飄盡後，弱草依然瑟縮不起。轎車沐浴在無雪的冷風裡，難怪街上行人絕跡。車內僅外子和二弟串串話語，把冬季沉默的黃昏吵響。那本該熱情的冬陽，也悄悄學慵懶綣戀雲床。天幕惟帘散開沉悶的灰暗，竟漠視我這飛馳萬里疲累的訪客。

曾聽傳說，飄雪原是天鵝浴後梳妝，不慎地把羽毛抖落，任純潔如絲的飛絮隨意浮遊。是頑童扯破繡花枕頭，讓朵朵花瓣散舞。也許是仙女思凡，讓水晶球先臨塵世試探。默對眼前奇觀，我忽成老僧入定，痴立呆站，任雪花沾滿衣衫；並樂邀雪片暫時遮掩額前微露的霜鬢。

二弟門前已蓋上厚厚的雪毯迎賓，侄兒女童心未泯，正忙著堆雪人。街頭巷尾一串串的歡笑聲，原來年輕輩都聯袂出動，迎接今年的第一場瑞雪。他她們展露笑臉，以各款花式和美妙姿態，在冰上滑來溜去。陣陣熱鬧的嘻笑聲，終於把熟睡的長街再次敲醒。我強忍磨牙的發抖，暫忘手足的冰凍，興致勃勃大字形展開雙手，等待觸摸那晶瑩冷凍的小冰塊。並效法大侄兒，在積雪的門前拉推鐵鏟，欲將冰路鏟開，我遲笨的動作簡直像蝸牛般。看著老頑童的傻模樣，侄兒女們幾把腰背笑彎。那邊笑聲震耳，我這邊卻累得竟然在寒冬中頻頻揮汗。

終於，鵝毛飄盡天氣轉暖了，我和外子徘徊於大街小巷，觸目情景又是另一模樣。家家樹幹掛霜，戶戶草坪換銀裳。偶見數株綠芽，讓深深驚奇還能如斯堅壯，小小軀幹竟然能逃過霜雪的摧殘。最讓人感動的是棵棵青松綠柏，雖然被強披晶瑩的銀衣，是其曾經努力摔抖？至使化成雪柱條條墜掛，成串串盈盈欲墜的冰針。儘管如斯仍掩不住松柏的長春綠顏，助增添無限風采。一向品味要求不高的我，很快把自己迷失在雪徑銀叢裡了。

此著名的杜鵑花城，鎮內的棟棟建築，像童話般充滿趣味。座座尖尖斜斜傾下的屋頂，猶如是玩具積木堆砌而成，處處缺乏真實感，一度迷糊的我，以為被幻變成幸運的愛麗絲夢遊，我卻是正醉遊仙境中。樂極忘形了，真想手舞足蹈一番。此行的首要目的是拜祭翁姑，清早帶備鮮花水菓隨家人往墓園。在滿目德文的座座墳塚中，終於見到好友游啟慶蒼勁的字體。相信兩老也始料未及，死後仍與洋民為伍。偷窺身旁的孝子，這時，外子的臉額潮濕一片，教人難以分辨是雪水或是思親淚滴。

乘坐子彈火車飛馳六小時，到達啤酒之城「慕尼黑」時，已是萬戶燈火齊亮，同窗好友秀玉早已候在車站。原以為北德較南部冷，我還能抵受的寒風，正好把估計推翻。我們緊緊互擁在雪花中，為彼此的劫後重聚興奮，為大家的重生而含淚歡笑。

居住的地方略嫌窄狹，卻是非常溫暖；尤其那滿鍋熱氣飄香的餃子，和一碟雞翅膀已足夠勾動我的饑腸。一瓶此地著名的啤酒下肚後，爭相訴說別後離情。又急急搖電話到美國找瑞珍，三劍俠實行隔空德國論劍。相互訴述今昔，整晚喋喋不休，我倆竟甘願淪為冬夜的守更者了。

翌日、整棟樓仍甜夢未醒，我倆急急往市中心觀光。厚厚的積雪使我頻頻滑倒，秀玉在旁參扶，仍感舉步艱難。沿途間或呈現奇景，銀樹中點綴稀疏的紅花，是多麼的雅緻美麗。心頭自然湧出求學時喜唱的那首〈踏雪尋梅〉，秀玉也隨我哼唱。這時的我傻裡傻氣，是現代劉姥姥遊大觀園。對廣場的精巧雕塑，皇宮裡的金碧輝煌裝飾，都表現驚嘆。冬陽漸漸露臉，那光滑如鏡的護城河，已成了溜冰場，有成群結隊的年輕紅男綠女，在表演花式繁多的溜冰。那讓人羨慕的歡笑聲波，隨著翩翩飛舞的雪花在潔淨的空氣中飄散。

我們也參觀了慕尼黑的大學城，再展示童話般的建築，處處呈現歐陸的樓房。適逢是假日，學校僅局部開放。我這位現代的劉姥姥，也只有望梅輕嘆了。

可惜在德國旅遊的我，正狂熱地沉醉於命中第一場雪景，又狂喜於好友劫後重逢的情懷，對所遊各景點，沒有妥善的記錄，日久漸漸遺忘，故至今仍抱絲絲的遺憾和怨嘆。

二〇一三年九月初春於墨爾本

鄉音促圓尋根夢

由於先祖移民或出生於海外的僑胞，皆頗重鄉情，為了慰解思鄉情結，各國紛紛成立同鄉會、宗親會等社團。細數屬於此類組織，像雨後春筍般多不勝舉，已足以為證。其效果使能按時聯絡鄉誼，彼此相助，俗語有云：「同姓三分親」，更何況是同鄉共村。

自祖父始，三代移居越南的我，因經濟基礎穩固，已沒法體驗往昔移民族群棄國拋鄉，那淒苦無助，逼得遠渡重洋離鄉別井的辛酸史。尚憶長輩們平時總愛操濃濃南海西樵鄉音，講述著老家舊事。亦常常會面現憂容，還頻頻滲雜數聲幽幽無奈嘆息。晚輩們卻聽而未求甚解，當是古老鄉野傳聞，閒而視之，妹妹和弟弟都頑皮地仿傚，為那奇怪音調而笑鬨，我內心想：「將來若有機緣，定返鄉聆聽那音韻。」

年歲漸長，對聽過故鄉種種，漸漸產生濃厚興趣和親切感覺。但憑藉記憶也只能零零碎碎，斷斷續續拼湊，多番思索總難呈現有串連完整畫面。就是越南土生土長的先父對老家一切，也非常陌生。尚憶一九九六年中，家父年邁之年而初履祖國，懷抱滿腔熱情，返南海西樵尋根認親，竟能學懂說西樵調了。歷前後兩次回鄉之旅，對重返家鄉有著無限激動和感嘆！驚讚南海極之進步，不再是先輩傳說中落後貧窮地方了。家父棄世前曾重復叮嚀，囑咐我姐弟五人定要攜帶兒孫們返鄉祭祖。定要呼吸故國空氣，蹈上家園那片土壤，我等謹奉遺言不敢稍有遺忘。

二千零二年八月，應「菲律賓華文作家協會」邀請參加「第四屆世界華文微型小說研討會」，與外子心水共同赴約。適逢其便經香港，乘直通地鐵至廣州，蒙親屬在車站殷勤款接，以小轎車導領回鄉。

天生是好奇族，尤如劉姥姥逛大觀園般，沿途好奇投目東張西望。僅見連綿店舖林立，招牌橫七豎八亂掛，正相互賣弄地隨風抖動，努力展示店號輝煌。行人以誇張聲浪匆匆擦肩接踵，仿若與汽車比賽競馳，駭人的喇叭也不甘寂寞被隨意按響。現代化高樓大廈插天峙立，是炫燿其無限宏偉。忙碌男女過客衣履鮮明，放眼皆難覓衣不蔽體者。讓我感受凌亂繁雜的惶恐外，像忽然闖入了暴發戶的地方，但也深深享受那種使興致泛瀾的熱鬧景況。

心坎可告慰的是正如傳聞般，經濟開放後一切在突飛猛進，工商界洋溢著世界垂涎的生機。堪笑傻傻的我為了適應環境，穿著特在香港購選黑褲花綢衣，成了土包子，未料竟引來不少行人目光。不禁低首啞然失笑自己成了名符其實的標準「澳燦」，外子巴不得有機會打趣說：「幸好我沒穿木屐否則更會變成怪談了。」

先往西樵白水塘，造訪祖父壯年時返村督建的那棟雙進屋。惜屋裡塵封網結，成了蜘蛛和各類小昆蟲悄悄佔駐的地方，滿目蒼涼好比破落戶模樣。大堂正中裂痕斑駁的泥牆上，掛著祖父母污垢沾染褪色肖像，鏡框金彩亦被厚重塵埃蒙蓋。但兩老仍然目光如炬炯炯注視四方，像嚴密地守衛，怕誰偷偷侵佔祖產般。本欲攀上平台遠眺，可惜正欲啟步登樓，破裂木梯已吱吱呀哎發出呻吟，彷彿哭訴危樓老邁已難負負荷重擔。

決意留宿白水塘一宵，鄉親引領沿長堤遊賞。兩岸聳立幢幢三四層高洋房，白牆紅瓦，既悅目又夠時尚氣派。寬闊庭院前是株株讓過客垂涎龍眼樹，那串串稠密果實，正驕傲地懸吊，是蓄意放浪勾引陽光。板地上舖曬堆堆霸王花，好像在偷偷抱怨嬉耍萬物的驕陽，偏要曬得花顏走樣。人們汗透單衣的那股汗臭味，借炎炎焙烤兩堤群花隨風散發的香氣補償。鄉親也以似火熱情接待我這遊子，戶戶招呼殷勤奉茶交談。村童亦步亦趨，好奇目光像遇到外星客到訪？

當晚，星月交輝，黑漆長空彷彿被特意剔亮。徘徊靜寂三摟露台，俯視枝椏溜瀉的皓潔光華，不禁稚氣奔放，企圖捕捉塘裡夢寐所求那輪故鄉的月亮。忽然思緒馳飛，竟盼能沽酒邀月共酌於精緻木欄陽台上；若能對影成雙醉倒，使今夕飲盡思鄉情懷。越思越想任由思絮漸漸飄昇，忽欲尋詩覓句的稱頌良辰，卻被雜亂草叢傳來陣陣蛙鳴，與夜鶯的鬥高調酬唱弄凌亂了。唯抑制澎湃心境，暫拋離家鄉夜色，卻再也撫不平澎湃心湖，整晚輾轉未能成眠，惜沒良伴剪燭夜談。

雄雞嘶晨，宿日偏喜留連慵懶，悄悄露面僅展露一線醉顏。庭院傳遞隱約鄉音，原來塘邊樹下木檯上，堂弟正張羅鋪設茶具烹香茗招待姐姐了。瓷茶杯中浮游著自家種植的野菊，隨縷縷騰升輕煙散送盈溢淡淡清香。

晨風輕拂，百鳥爭鳴頌迎炎陽高張。我拖著滿身蚊孔和疲累，勉強隨車作走馬看花。馳過三水又轉經佛山市，匆匆巡禮數處小鎮後，終於也發現部分真正貧農。看其卑微地蹲坐在破舊的茅房前，投遞我一雙黯然目光，孩童赤裸的上身被蒼蠅恣意欺侮著。對著另類生活貧苦大眾，幾乎讓本來喜悅心境驟然破碎。最後揮別時親人殷殷相問，何日再度返鄉？我竟像啞巴，默默無言，為剛才失態而悵然依依，終於匆匆結束了一天一夜尋根之旅。

公元二〇一一年三月十八日於墨爾本

彝人古鎮好風光

從小學開始，偏愛古詩詞。把外公書架上的唐詩宋詞，似懂非懂地胡亂翻閱，有種莫明但非常嚮往的感覺。日漸成長後，對古人的生活，無限羨慕和欣賞，竟常有點點遺憾，何不早來塵世，生於古代之嘆！在雜誌或報上偶然讀到發表有關周莊，大理等等文章，仍然保持古鎮模樣的地方，萬分嚮往。常常暗中計劃，在有生之年定要漫遊古鎮地方，體驗古人的恬靜，享受閒遊心境，效法偷得浮生半日閒的古人情懷。

當巴士穿梭山巒與郊野間，眼眸已被坡坡翠綠著染明亮，心靈也隨峻嶺飛翔。在極目梯田中，空林積雨成陰，百鳥競逐翱翔，共鳴唱的天籟之歌。水田裡彩衣農婦，有序地輕快耕作，我彷彿身廁田園油彩畫圖裡，差點忘掉人間何世了。幸而隔座作家吳玲瑤的幽默笑話，把我喚回車中。巴士仍在艱難地攀登山嶺，淡淡春陽普照下，竟沒點滴高處不勝寒之感。

漸近市鎮，仰望晴空是一片澄澈，奇怪難覓半朵被污染的氣層浮游。忍不住深深呼吸，為我這久歷俗塵的身心洗滌和充氧。

疲眼微啟，剎那間被古鎮景觀逗引得目瞪口張。我暗自驚訝是誤進了時光隧道，是否回流的歲月助我實現夢想。輕輕移動頭頸，查看是否依舊沉醉夢鄉。

走進彝人古鎮，迎客是兩排舊式模式房屋。那飛簷插空雄姿，那雕飾銅獸的威猛光茫，斗拱美麗線條讓赭紅的牆磚和圓柱更顯耀奪目，處處誘人暇想。鎮民服飾鮮艷動人，他她們的笑容是那麼純真，不禁也牽動雙唇向兩邊拉長，回報感謝那連連送遞迷人的微笑。

「彝人古鎮大酒店」古式建築，頓時令眼前一亮。其內部典雅精緻，古色古香的佈置，未容現代化大國城鎮專美。宣傳部的孟孚女士，以甜美音色，歌唱般的韻律重覆說：「歡迎回家！歡迎回家了！」真妙呀！是否受感染，進門便有賓至如歸之感。其輝煌景觀猶如達官將相府第，不禁沾沾自喜身份無端被高高提昇呢！

參觀彝人部落，房舍建築簡樸，家俱多以竹木為材，卻極具單純的手工價值。適逢戶主晚飯，闔府蹲坐小矮椅上，檯上多是營養豐富的蔬菜豆類。主人熱情相邀進食，惜州委已設席邀約晚宴，只好悵然婉拒了。

宴會設在彝人部落臨河竹亭上，四週以光滑竹筒為矮欄。

空洞周遭正可迎星月偷窺，熠熠清風不甘寂寥，常常扇起陣陣春風，飄動衣衫引來春思無限。祝酒團美麗男女，用歌聲酒香頻頻勸飲，采風文友都面額緋紅，各顯嫵媚了。平日不善飲的我，微舉兩觴，已不勝酒力呢。

對亭忽然間女高音響亮迴盪，大鼓震耳鐳起，巫師搖晃手鼓，領帶奇怪的步伐舞起，在台上縱橫，頓有一種懾人心魄的錯覺。表演節目一個比一個精彩，有繽紛色鮮的各民族服裝介紹，旋律柔美的民族舞蹈，幽默的求偶短劇，全部含藝術音色美之境界。州長每席殷勤敬酒，賓主盡歡。

席散後，跟隨知名作家陳若曦老師、吳玲瑤、袁霓等夜逛古鎮，大街小巷人流穿梭繁雜，家家戶戶紅燈籠高掛正欲與群星賽亮。珠寶，服飾店店員皆笑臉迎客。轉進長街，火光照耀如同白晝，樂聲與人語共鳴。大群翩翩起舞的男女，忘情地繞圈子搖擺著。正與遙遙對峙的魔術員，街頭賣唱者各展其長。混亂的景象，完全未有絲毫厭煩感；心裡暗暗稱許，一幅大唐盛世的國泰民安圖。難禁也插入街舞隊伍中，任意擺動。心裡難抑默默祈祝，願此景永遠存在。

晨曦微露，古鎮仍宿醉未醒，我夫婦倆已把長街石板敲擊。徘徊中忽聽淙淙流水，沿途綠柳填滿眼簾，數排有序互列的石橋，默默展現，讓無限雀躍的我，心湖盪漾。哇！終於來到小橋流水人家了，不禁又東張西望；明明是古道，哎！何故未有吹起的西風，又不見掀起塵埃的瘦馬呢？心裡難免泛絲絲惆悵。

石橋上眺望隨風飄揚，或紅又綠的酒帘在頻頻招手，指示劉伶該訪的正確地方。那邊茶香溢瀉，茶館像殷殷邀請，請你細意品嚐。楊柳在晨風唆使下，不再安靜，紛紛扭動擾攘，絕不和人多讓。那時刻、我已再陷迷茫，心也冉冉飛翔，我好像古代美人般，正半掩粉面臨溪水左顧右盼呀。

明知是舊瓶新酒，古鎮翻新修建只數年歷史，但仿舊景物齊備，已足讓流連又留戀。可惜僅匆匆一晚逗留，是何其緣慳。視線投向窗外，揮動雙手，告別這夢寐追尋的模仿古代的地方和悠閒的幸福人群。

二〇〇九年五月十二日於墨爾本

誰憐深閨斷腸人

爸爸唯一的小妹妹，是非常聰明和能幹，她那雙閃耀著智慧光芒的眼睛，和家父同一模樣的大且亮。我家鄉的裡親外戚，多盛行親上加親；張姓家的遠房嫁給我三舅，才二十年華的小姑姑，嫁給三舅母的小弟，三舅母和外婆，又是同宗且同村，大家都笑說真是肥水不流外姓田了。

小姑丈跟隨姑姐，就職和居住在鄧家經營的紡織廠。兩口子的勤儉，很得廠內眾多工友的好口碑，生活也算幸福愉快。婚後兩年，就產下一對雙胞胎男嬰。從此小姑丈更努力，日以繼夜工作。人非鋼鐵，本來瘦弱的軀體，支撐不了過度操勞，一病不起，半年和病魔搏鬥，終於拋下妻兒離世。

二十三歲的小姑姑，超想像的堅強；她謝絕娘家的幫助，仍在工廠操作紡織，撫養孖生兒子。自守寡始鮮見她露齒微笑，也許她已日漸忘記微笑的模樣了。本來才貌俱佳，出生中上家庭的她，不料竟是命運如此坎坷。親友憐惜其年輕居孀，紛紛勸喻再結連理，替孩子尋覓一位繼父，以減輕其負擔，但遭姑姑毅然拒絕了。

雖然白天工作繁忙，且要母兼父職，但很注重兒子的教育。她不惜昂貴的教育費，讓兄弟倆中英語齊修。高中畢業時，已出落得彬彬有禮，高挑身材樣貌英俊小帥哥了。一般身段，一個模樣，讓我等驟看難辨。小偉臉上一顆豆點痣，和常常爽朗的笑聲，正巧和見陌生人臉紅，說話易害羞的大偉成對比，這是他兄弟的明顯標記。他們侍母至孝，課餘總是在幫忙紡織，減輕慈母的工作。在學校成績仍是非優則良。昆仲互敬互愛，待人接物有禮，獲親友一致稱讚。

越南戰禍連綿，轉瞬兄弟已屆入伍為軍人之齡。姑姑常聞投軍者上前線作戰，每日攀山涉水攻打越共，多是只剩屍骸還鄉，因此，姑姑日夕憂慮，寢食不安。家父和姑姑數次磋商，決定把他倆分批偷送出越南。大偉建議讓小偉先走，自己壓後為慈母作伴；等平安報信後，再隨後相聚。

啟程定在晚上，姑姑含淚千叮萬囑，要一切小心。抵步後發電報寫生日快樂四字，便在預約地點靜待大偉，相聚後才可圖安定之途。並多翻強調自己身體健康，且經濟穩固，不用以家為念。當晚，線人接小偉到「頭頓」海濱登船，以為能逃避兵役的災難。

自小偉離家後，怕閒人追問小偉行蹤，帶大偉搬回娘家暫時居住，並可減去被查的麻煩。自始姑姑常常在門前佇盼，等待郵差的蹤影。多少次走近姑姑房間，總看到一向堅強的她在偷偷飲泣，就怕驚動她年事已高的雙親，那時大偉靜靜守一旁陪著流淚。

數十個日子在家人焦慮中溜走，小偉依然音訊渺茫。白天強作鎮定的姑姑，仍是難掩忐忑不安。已心如亂絮般纏結的愁，把她折磨得消瘦和蒼白。

那天，街頭傳言紛紛；報說某天某貨船快要駛近公海時，突遇海警攔截，因違抗命令，而被炮火擊沉了，全船沒一生還者。又據某些好心的人親往查探，僅見衣物和屍首隨波飄浮。「頭頓市」地方政權已貼出告示，若三天內沒人認領，便實行集體埋葬。這消息不徑而馳，已傳遍大街小巷。小姑姑聞訊，立時昏倒。

「頭頓」這臨海小鎮，是盟軍駐防的重地，也是軍人的銷金窩，歡場女子的淘金地。這夜的海濱是異常的寂靜，僅餘浪濤拍岸聲，伴隨數位悄悄為親人憑弔的斷腸者。可憐的他們都不敢往認領屍體，這犯法的勾當怕被追究。

天雨正連綿飄飄灑落，是為那班年輕的逃役者流淚。晚風掀動肥大的蕉葉，那舞擺的身形如鬼魅，彷彿是引領枉死的靈魂。後灘的大堆黃土，正是埋掩那些年輕者的骸骨。絲絲淒雨從姑姑的眼眶灑下，縱橫錯亂剪不斷的淚線，伴隨她口中悲悲切切的呼喚。撫摸那大坏黃土，未敢縱聲哭喊，默默埋下小偉喜愛的鋼筆，連同一顆慈母破碎的心。

我們計劃逃離苛政，姑姑後來也逃到德國，幾年後再轉往美國加州。數年前她又再次隨先父移民，揮別處處充滿悲慘回憶的塵世了。現在的她定會感安慰，因為表弟大偉早已成家，孩子是專業人士。我不禁默禱，在另類世界裡的各位仙遊者，皆能恬靜無憂無掛，好好地安息吧！

二〇一三年九月初春於墨爾本

淒風苦雨送良朋　哀悼

——僑領梁善吉兄

善吉兄您悄悄地走了，沒一句道別，沒有揮手，也不回首，讓我等措手不及，你竟瀟瀟灑灑地走出這煩惱擾攘紅塵。也許早已洞悉世上名利浮濫充斥，事事是非顛倒，真理已有口莫辯，誠摯友誼亦鮮可持久吧。所以，連惜別一幕可免亦免，竟那麼匆促，默默悄悄離場而去。

在眾多親屬朋友列隊瞻仰時，您卻安詳入睡，是否為免愛護的親友牽動哀傷，泛起折制不了的無端思潮？緊闔雙眼，是不忍再睹真真假假的冷暖人情？在陣陣哭聲中，您卻把心硬起，裝作充耳不聞，依然飾演鐵錚錚漢子最後角色。在雜亂的人世間，怕見成群追名逐利的您，聰明選擇急急退場匿跡。清清楚楚知道世態炎涼，難怪常有「時不我兮，壯志未酬」之嘆！勞勞役役一生，為公事幾乎忘卻家庭，為正義甘願被權貴拋離而孤立，挾兩袖清風，寧願半生食貧而無悔。

追思會裡，好友憶述往事，難抑失去知己的哀傷，皆紛紛悄然灑抹男兒鮮流的淚涕，低聲飲泣。座上被感染者頗眾，處處悲聲隱約。您一生為僑胞躬身傾全力。甘願為導引者出錢出力，僅為崇尚自由民主，是弘揚中華文化之士，亦是您們鄉親裡「欽廉精神」的典範。

可惜呀可惜已心力俱竭，在最後餘光耗盡，才全沒依戀毅然撒手。英年早逝的您，究竟還遺留多少未了心願，多少雄圖大計，還有未完成的貢獻呀！

風猛烈又哀哀地為您吹奏輓歌，彷彿抱怨上蒼無情而呼嘯狂喊。寒雨傾瀉，天也涕淚漫漫，是否後悔讓您太早辭世。氣象局的風暴預告，仍難阻顆顆祭奠的真摯心情，車隊把停車場和兩條大街擠滿，接踵人群把靈堂淹沒。相框內的遺照，以炯炯眼神在凝望，是否已清楚洞悉誰在心坎偷偷竊喜，哪位是以真誠拜祭悼輓。也許您心中深感抱歉，匆促逝世讓親屬和真正的摯友無限哀慟。也許您懷抱雄心壯志，為心坎中大堆未完成計劃惆悵，未關梁兄疏懶竟卸責而亡，因為您眼神中有一抹掩不住的隱隱遺憾。或許您在空冥中無奈俯視，難捨親友也幽幽無奈地嘆息！

讓人驚喜是兩岸外交官都有輓詞，十餘位僑領扶靈下，您像享受那份珍貴友誼地安詳睡穩。飄落的哭聲和連綿淚珠，您已來不及聆聽串拾，幾十部連續轎車簇擁著，送您到最後安息地。風依然呼嘯哀鳴，是那麼樣悲悲切切，讓聆者更傷痛。樹木頻頻搖晃掙扎，彎幹伸枝的是深情難捨，意欲把您英魂絆留住。

朋友們抱滿懷悲慟仍沉思憶記，兄往昔的點點滴滴。朵朵鮮花伴隨著深深的難捨，送別遠離這煩惱俗世的您。雙雙淚眼泣別躲藏在棺內的您，多希望那僅僅是一場兒童時捉迷藏遊戲。但畢竟是挽不回，也留不住，滿身是膽，忠義為心的梁善吉了。
善吉兄呀！請您一路走好，請安息，狂烈風勢騾轉溫柔，只為徐徐護送著您。

二〇〇九年八月二十六日，善吉兄出殯日哀思悼文

悠悠天地何處覓

——曾外祖母慈祥印象

外祖鄧家整個春季都籠罩在憂鬱的氣氛裡，屋裡除了我曾外祖母的唸經聲，連平日洋溢屋中的麻將碰撞，叫牌呼胡之音浪，像突然與世隔絕，皆突然靜止，各人都忙碌著奔馳於醫院。

在越南首屈一指，是法殖時期遺留下來的聖保羅醫院，設備齊全；不但擁有新式儀器，且長期都有名醫駐院。雖收費頗昂貴，但鄧家仍未躊躇或泄氣。曾外祖母擔憂外公康復時日遙遠，親自督促長孫、我大舅父祈善變賣部份產業，以供醫療所需的巨額開支。

在五十年代心臟病爆發，引至腦中風（即現代的腦充血），可救活的機率很微。已五十多歲的外公鄧覺兆先生，是當時的商場翹楚，擁有幾間夜總會和紡織廠，規模頗大。我舅父和家嚴皆是經商之才，使外公所經營一切業務蒸蒸日上。本來醫藥費是無憂慮，但醫生說若要回復行動自如，非要住院半年不可。家中向以長者為尊，故尊從老太太決定，準備款項等待，各晚輩只好聽命了，外婆更不敢有違。

是醫生醫術高明，是我的曾外祖母的朝晚虔誠拜佛頌經，是慈愛偉大誠意感天，外公病情轉好，且復原較預期還快。醫生已批准可以出院，讓外公回家調養與過新年。這彷彿是天降喜訊，頓把家裡的愁雲慘霧，一掃而空。

曾外祖母多月來深鎖的雙眉，也舒坦地展開。她移動三寸金蓮，指揮媳婦，命其親自打掃神龕，待兒子回來，要率領闔府酬神奉香，並下達命令：

「從今天起，家中禁止殺生，要茹素三天。家嫂，妳要嚴禁那班年輕伙子，不准在外面偷吃……」老人家言語嚴謹，但臉上卻是展露笑容。

聽到樓梯傳來陣陣緩慢的步履聲，老人家已緊張地在樓梯口等待。當看到身形消瘦，臉色青白，舉步乏力的兒子，由長子和女婿摻扶，艱難地緩慢拾級而上時，家母已難抑立刻趨前擁抱外公，扶著老曾外祖母的外婆，也難禁滿眶淚水了。

「回來就好、回來就好了、先向祖先拜拜再休息，覺兆乖呀！」曾外祖母那被歲月揉皺的臉，卻是愉快的笑容。她輕輕撥弄兒子的銀髮，把喜氣讓屋子漲滿。她仍把六十在望的兒子當作小孩般哄護，佣人們也在偷偷發笑。外公看著這位年過八十的慈親，眼中已浮動的淚水，早難禁偷偷滑下。

倚在床沿的曾外祖母默默慈愛地端祥，這被病魔折騰了數月的獨子，略有點傷感。感覺是他比年歲還老，已難找尋昔日縱橫商場的雄姿了，又難抑再次暗暗滴淚。但回想兒子能從死神處脫險而返，又再破涕而笑了。

她仍輕撫摸那充滿生機的手，笑意溢掛嘴角。各人悄悄退出，讓其母子共聚天倫。房外插著粗長的上好檀香，正散發恬然舒適的香氣；縷縷青煙也欣然地飄飄翩舞，外公陶醉在其母親慈愛溫柔的話語中，漸漸墜入夢鄉。

外婆忙碌地張羅素菜晚膳，三天的茹素，使年輕的舅舅表叔們感到不習慣。腦中彷彿浮游烹魚煮雞的陣陣香味，足讓他們垂涎欲滴了，但仍遵守家訓，不敢偷腥。

佣人跟隨外婆把一小盤小碟美食，搬進外公的臥室中，欲讓母子倆可以一同用晚飯。

忽然，曾祖母陪嫁佣人八姐，慌張地跑來，以眼色請女主人出房外；輕聲告知老太太好像已仙遊，頻頻搖喚都不醒，是在睡夢中辭世了。她邊說邊低泣，怕驚動剛復原的男主人。

身為當家的外婆，鎮定地叮囑養女翠娟在房中照顧飲食，要家母進房陪伴外公，父親立刻請醫生到府。同時吩咐大舅在同街旅館，訂了為期兩月的套房，等飯後藉詞聽從醫生指示，為免過多親友來探病而騷擾，請外公移居旅館休養。家中各人暫時不能哭喊，等明日才可設靈舉喪。臉上仍掛著笑容，終於，假借曾外祖母要閉門酬神，並已下達命令，一切人等不可騷擾，外婆把外公勸服移至旅館休養。

依鄉例遺體不能移動，喪事在家發引。一場隆重的殯儀開始，親朋戚友，紛紛來祭拜。日夜不停的法事進行三天，才舉喪入土。外公雖遠離商場，但聲望仍在，送喪者頗眾，數隊樂隊吹奏出殯音樂。親友的祭帳，掛滿了十多部大貨車，送殯隊伍如長蛇般，延伸至數條街道。

一班平日和外公交情很好的朋友，早已受到外婆的請求，常常在旅館流連忘返。晚上請來盲人歌手演唱，讓外公欣賞和娛賓。牛奶以其低沉歌聲，滄涼感人的二胡伴奏，唱出一闋闋「徐柳仙、小明星」等等的動人名曲。按摩師也每天來為外公做康復的推拿，數周後已可持杖行走。

街坊們也紛紛傳說，是曾外祖母的誠心禮佛，真誠使能讓壽給其唯一的獨子。反正，這事深深銘刻在我童年的腦海裡，就是曾外祖母那慈愛的臉容仍清晰如昨。

二〇一三年八月四日於墨爾本

無法呈遞的信函

最親愛的媽咪：

女兒已記不清多久沒給您寫信了，因通電話太方便，每天通電話已成生活習慣，我也想聽媽咪慈愛的聲音。媽咪請問您可見到爸爸、外公、婆婆和舅父們嗎？是否享受了團聚的欣喜？都知道媽咪絕不願捨棄我們，放不下被您寵愛的晚輩。媽咪！我們也萬萬捨不得您，都會永遠永遠愛您、年年、日日、時時思念您。

彷彿是昨天，今年五月十七中午，三藩市機場內，媽咪您張開慈愛的雙臂擁我於懷裡。是深深感受重逢的喜悅，竟疏忽您眼眶蘊藏那抹淡淡憂鬱，顯現是日漸憔悴和消瘦身形，愚笨如我教怎能寬恕自己呢？

為了隱瞞您漸漸的疲累，僅兩天共處，媽咪又匆匆回頤養院，每日和冰冷的牆壁相對。苦苦挽留，您說：「皇宮多美不及草窩舒適。」您又鼓勵我等前往黃石公園觀光，蓄意遠離我，是怕我看出您的病容；讓我損失了多陪媽咪的寶貴時光，我再不能原諒自己。竟自私地帶著您的掛念去追逐風風雪雪，讓您獨抱愁緒。我們卻去陪伴那無情的大峽谷紅石林，這將是我一生的無窮悔恨。

猶記每兩天媽媽定由鐘點女伴兼傭人接送，買來大包小袋美食；和爸爸生前一樣，知道我是多麼饞嘴貪吃。只顧凝注眼前的美食，竟又忽視您拾級而上的蹣跚疲累體態，這就是媽咪常說的最笨最蠢，不懂眉頭眼額的長女了。您說明年要再遊澳洲，是為了要享受嬰兒式的照顧，喜歡每個晚上我為您脫襪蓋被褥的情境。您非常享受有被寵被愛的歡愉，您說這感覺使妳感到舒服和欣慰。媽咪您何故突然悔約食言？知否您的女兒和外孫們都殷殷期待相聚時，竟這樣狠心匆匆別我而去。

這次旅美時間較以前短速，三周後賦歸。您又重覆說：「最怕親往送別，雖明白後會有期，總不願顯現惜別依依之情境。」從來也沒想過媽咪忍心讓我們後會無期，尋覓無處，蹤影渺渺了。您又說：「赴機場前，一定給通電話，為妳頌經禮佛祈求平安，順風紅包早已放在送我的冷衣袋裡」。是您偉大的慈愛讓我永遠浸沐在自己的童年，永遠永遠是依偎在媽咪懷裡撒嬌，長不大的小女孩。

八月，忽然轉變為天愁地慘，傳來晴天霹靂最壞最壞的消息，親人們皆肝腸裂碎。媽咪您又強裝瀟灑，對著電腦螢幕以愉快的面容和語調對我說：「別聽信他們胡亂報告，看我不是頂健康嗎？對自己體康我是最有自信的。看呀我還能跳舞唱歌呢。好了、不聊了，我和韓國俊男美女有約，拜拜。」媽咪，您假裝愉快去看韓劇；寧願自己獨抱愁煩，也不要兒女擔憂。多偉大的慈母多深多厚的愛，媽咪您又何忍早早帶走，讓被遺棄的我等悲痛欲絕呀？

八月七號，我又見到最愛最親的您，媽咪何故倦懶如斯賴床不起。您以瘦弱的手補我一封接風紅包，便閉目默然不語。為了逗引您，我像鸚鵡般吱吱喳喳不止。媽咪您再不對我嘻笑怒罵，只吝惜地賜我五字真言：「停口、我累了。」媽咪您知道我是多麼難過傷心，背著您我難抑黯然灑淚。總弄不明媽咪您為何無端生我氣。您忽然對我的討厭和不耐煩，知否我為此有幾許的心碎難言。後來弟婦美齡悄悄對我說，是媽咪知我孝順，且體康欠佳，不想和我交談而引起老人家的悲傷使加重我的壓力。

您如廁時，指定要我相陪，所以也僅我能擁有這珍貴回憶。您沒力地把頭倚在我懷裡，忽然用非常微弱的聲音說：「告訴妳的兒女們，我很愛他們，或許他們並不知道。你們對我要有信心，別怕、我肯定會好的，別怕、別怕。」我不敢開口，怕痛哭驚擾您，雖然很想告知孫輩們也非常非常愛您，但深信您比我更清楚明白，因為您擁有世界上最深厚最好的祖孫情誼。今生媽咪你已把每一個角色，都非常成功地演繹完美了，此生劃上一個非常讓人們羨慕讚美和思念完美的終止符。

為了等待我的幼兒明仁，媽咪您堅強地把彌留時刻轉為沉睡，連值班護士也頻頻稱奇。整夜鼾聲有序，黑天使洋護士說，也許您在等候想見的人，要延長彌留期。終於小兒明仁從墨爾本趕來了，已進入昏迷的您閉目安詳聆聽，孫兒緊抱您細細傾吐，幸好媽咪看不到他那縱橫滿面的淚珠。您耐心等孫兒洗滌疲累，用過午餐，您才開始安然長睡。媽咪彌留之際最後張開那線眼，是否還記掛我等的悲痛，是否看見繞在身前的兒、女、媳婦、女婿、孫兒們、曾孫等都跪在床前為您送行。為了讓您無所牽掛，都未敢縱聲哭哭啼啼，仍難抑在哀哀悽悽流淚。

媽咪，您依然高雅如昔靜躺在棺槨內，一如您生前對儀容的重視。那襲褚紅通花旗袍配鮮艷黑底繡彩色花外套，整齊舒適。戴孫兒明哲送的帽，明仁送的珍珠耳環，和三弟的手鍊及我的玉環，兒媳昨宵摺的八朵彩色蓮花；還有您喜歡的小擺設，外曾孫女伊婷、伊寧姐妹為您摺千紙鶴，每隻背部都以幼稚筆跡為您寫下祝福。媽咪，明哲從新加坡把小女兒帶來見您，是您的心願，媽咪從未見面的九月大曾外孫女。媽咪，靈台前的照片笑窩輕展，您溫柔地接受親友們的最後敬禮。正如定居洛杉磯的詩兄楊永超撰送的輓聯末句，「應無遺憾到瑤池」了，是嗎媽咪？

媽咪，請謹記我的一個心願，若真有來世？我祈求仍是您寵愛的女兒，讓我能報答未酬還的深恩。求求您答允吧！我最親最愛的媽咪，請讓我喚您千遍萬次媽咪媽咪媽咪、請您走好、請安息，請別再掛念，請莫難捨在塵俗的我們，請求媽咪快快樂樂地把我們都全部忘記吧。

不孝女錦鴻泣血叩首

二〇一一年九月於墨爾本

空餘星月悼殘橋

朋友剛剛返越南探親，回來後述說堤岸的種種轉變。舖天蓋地的石屎森林，正如雨後春筍增建；某些仍保持原貌的舊房屋，給映照得如斯殘破。很多商店已易主，或是因主人逃離越南而關門。殷殷探詢那滿載著我幸福童年，擁有我和三弟童稚歡笑的「參辦街」時，答案僅觸動起我的思念，難抑低低感嘆。

原來橫架在堤岸華埠傘陀街「參辦街」尾，那座危危橫架的行人橋，曾經歷推翻法殖民時期的重要通道。可惜這座享有歷史價值的闊寬木板橋，現在已經被藐視歷史，不懂自由的越共拆除了。這消息讓我非常難過，而不禁勾起往昔的段段回憶……

越南堤岸第五郡中心區，那座負著接通湄公河支流兩岸的洗馬橋，早在我誕生時已橫架於此。雖然僅供步行，也非常忙碌，足以方便兩岸居民謀生活所需。昔年內戰時曾支撐顫抖的身軀，日以繼夜為反攻的義軍們承擔職責。這座「洗馬橋」的名字來源，傳說不一，悠久的來源實難以查證。深信有些越華人士，對其或許是完全的陌生；但這座橋對我卻有解不開的緣，且記載著我們無窮的回憶。

童稚時，傭人常常帶我和三弟在橋底下的草坪玩，我等最愛攀登橋墩的石階。偶然會仆倒至流血，亦樂趣未減，它是陪伴我童年的歡笑和成長期。站在家門前，或佇立二樓引頸憑窗，皆可窺見木橋的姿容。成長後，它成了我的特別知己，聆聽我的心事。

每當我思念外祖，心境落寂愁苦時，就默默讓我倚在欄杆，任我飲泣揮淚。與愛侶邀月乘風時，會與我分享甜蜜，共同陶醉。最刻骨銘心的，是外公離世時大舅父領著披麻帶孝的子孫們，在河畔擔幡買水情景。彷彿木橋仍殘存我等當年的悲切哭聲和淚痕。

每當晨曦初露，或日落黃昏，總是睹見各式各類的群群過客匆匆，行人不絕。當夜幕低垂後，它算是有機會喘息了。因人們互相傳說的種種詭異，使過橋者膽怯。尤其橋燈是異常稀疏且昏暗，使氣氛加倍恐怖。橋下隱密的一大片草地，正好是情侶相聚的溫床。俏皮的星哥月姐，悄悄躲在雲層偷聽，或躺或臥的他們所互訴的甜言蜜語誓語。

橋邊僅有數棵從橋下延伸的傘開濃密綠蔭參天老樹，但獨缺繽紛艷色的花埔。河邊兩岸除了陰暗的貨倉棧房外，便是臨水架起的高腳鐵壁茅頂小屋，棲居一群貧困的正宗越南裔。這段長長衡接湄公河的三角洲一帶，河水污濁，且有股河水的濃腥和垃圾的臭味飄送。幸好每天夕陽西下或清早時，定會有潮漲期，把長河好好沐浴清洗，才不至於把酷愛黑夜徘徊的對對情侶嚇跑，也正解決了那些貧困戶的生活所需。有些居民卻藉一隻小木船謀生，接送某些抄近路的過客。

中學時，因外公家搬遷，我也隨雙親回家居住，地點同是橋的彼岸。放學後我提著沉重的書包，跨越那吱呀呻吟的橋板，往探視被病魔糾纏的外公。那時的我，常會駐足橋旁呆想，感覺正掙扎病榻的外公，他老人家和木橋同樣在奮力支撐，內心頓變無限悽愴。

那晚，外公終於脫離苦痛，嚥下四周飄盪纖布廠氣味的最後呼吸時，我失控狂哭。是表姐把我強拉至橋底，免增加外婆的悲傷。以後的日子，我會在日落後獨自溜到橋邊，對著泛動星月樹影的河水，憑弔最寵愛我的外公。婚後因雜務和兒女成群，夫家離橋太遠，久而久之，早已把這地方逐漸淡忘了。

逃亡的前夕，特意偷空重回孕育我美好童年，也曾沾染我悲傷淚珠的長街；兩旁店舖已人事全非了。木橋依然支撐老態，任繁忙的過客高攀踐踏。我默然無語向它揮手道別，別了這蘊藏我往昔喜與悲的溫床。

據傳說是為了一位少女跳河自盡時，好奇的人群擁上橋頂，終於，是殘破難以負荷，把橋都擠斷了，才會招來被拆掉的命運。也有說是官商合夥，計劃填河建樓舖路，以豐富中飽私囊。雖然它終成為過去，是早被湮沒的歷史，但對「洗馬橋」總有縷縷剪不斷理還亂的情緣。當思憶親輩時，也會勾浮出此橋的影像。就算這橋從此不可能再重新存在越南，它卻仍完完整整留存在我心坎深處，陪伴我這天涯過客走完這人生之旅。

二〇一三年九月八日初春於墨爾本

烈士刀安仁將軍

邊塞偉男，辛亥舉義冠遇春
中華精英，癸丑同慟悲屈子
——孫中山先生輓聯

我一生酷愛自由民主，曾經為了爭取呼吸這口空氣，冒險投奔怒海；以全家性命作賭注，終於能僥倖成功到達目的地，而日夕心懷感恩，因此深深體會苛政猛如虎之說。

國父孫中山先生當年推翻腐敗滿清國的義舉，帶領同盟會艱苦奔走的革命精神，拋頭顱灑熱血壯烈犧牲的偉大之舉，早已世人萬萬分敬佩。那無數為國捐軀的無名英雄，多不勝舉，竟也有鮮為人知地處雲南邊陲、大盈江的少數民族刀安仁將軍（也許尚有更多被遺留的英雄名字無法考究）。

他十九歲便世襲土司職，正是萬人欽羨的天之驕子。然而他甘願為國為民放棄養尊處優權威並重的生活，親臨戰場率軍日夕奔馳抵抗英國的無理侵略，在其領導下節節勝利事蹟，雲南滇西家傳戶曉。無奈清朝腐敗，誤聽奸臣所言，竟向敗國投降，自願割地求和。此舉令其悲憤莫名，毅然拋棄富貴權力，溫暖的家庭，美麗的田園，遠走國外求學，充實民主思想，革命精神。其後得友人介紹，不辭勞苦追隨國父奔走革命。

數年在外積極學習，努力吸收新知識。但博學多才的他並未忘懷故鄉族群，抱兼善天下的願望，回家鄉創辦學校，灌輸族人自由民主新思想。他一方面聚集力量，培育人才，為發展革命而作出很大貢獻。無奈天妒偉才，竟又遭人陷害，不幸在南京被捕，飽受牢獄之災。後來孫中山先生、黃興、宋教仁等獲悉，合力設法營救；雖然幸運地脫離險境，但已被折磨得身心俱殘了。

英雄壯志未酬，從此病榻纏纏繞繞繚繞，仍舊掙扎壯志不移，希望能助革命完成偉業。可惜藥石無效，於一九一三年二月在北京寡寡而終。

所謂人死留名，刀安仁將軍偉大精神永存世間。他在日本留學其間，猶念念不忘強國富民意志，關心國家的經濟，為鄉鎮族裔的安穩生活幸福設想。不惜艱難購回八百株橡樹苗，定植在大盈江畔新城鳳凰山上。橡膠樹引進成功，為我國橡膠工業奠定了基礎，也為我國的經濟帶來無限利益；把外國學者認為北緯二十四度不宜種植橡樹的理論推翻，故被譽為中國橡膠第一樹。雖是經歷百年，當日八百株幾經波折，現僅剩一株獨秀，但其繁殖茂盛，現今已子孫滿雲南。

這次參加四海作家團蒞滇西采風之行，讓我有幸認識了烈士刀安仁將軍的家鄉。那群山唧接，青翠欲滴的梯田爭相映眼。豁達開朗的民風，那醉人的歌聲舞影，讓煩俗自然匿遁，心境被洗滌後的歡暢，真非筆墨可盡述其詳。所謂地靈人傑，誠非虛也！

在海拔八九五米大盈江新城鄉的鳳凰山腳下，刀安仁將軍的墓穴靜靜地供人憑弔。永垂不朽偉男英魂未滅，他正默默地守護著國土和家鄉，永恆、永恆的守護著。

二〇〇九年五月初於墨爾本

我熱愛新鄉澳洲

我熱愛澳洲，我喜歡澳洲，甚至倚賴澳洲。

尚憶昔年，為了對自由民主的追求，一九七八年跟隨雙親，攜帶年幼的五名兒女和外子一同投奔怒海。其驚險景況彷彿上演特技電影，令人思之猶有餘悸，歲月已流逝，往事亦歷歷如昨。強忍饑寒，抑制淚水；日夕與洶湧波濤的生死搏鬥，祈求能平安登上陸地的忐忑心態，至今仍難忘懷，非拙筆可描述其詳。若非親歷其境，萬難領會當時心坎的那般淒慘絕望。

澳洲政府以廣闊的胸懷，人道立場收容我們，讓這些劫後餘生避秦客入駐「桃花源」。鼓勵和多方幫助，讓能迅速重組家園。孩子們幸福地呼吸自由空氣成長，在完善設備的學校中接受教育，無憂無慮地生活，得如此善待，此生乎復何求！

初履澳境時，在陌生國土中，竟沒那種驚惶失措之感。三月寒秋，楓樹已褪退綠葉，漸呈金色衣裳。以光禿禿的樹幹，在道路兩旁坦誠列隊歡迎，枝頭群鳥紛紛爭送喜歌祝賀重生。潔靜長街皆沉沉寂寂宿睡未醒，極目周圍，大街小徑渺無人影。偶爾飄傳隱約鐘聲，也如聆仙樂般特別悅耳動聽。內心已堅決許諾，勿論環境如何艱辛，也會努力地好好撫育兒女。縱使難成該國之良材，也絕不淪為垃圾，擾亂地方，辜負澳洲同胞，仗義收容的恩情。

真的，澳洲人的高尚情愫，使我深深感動。對這班拋家棄鄉，一無所有的我等難胞；卻堅持施比受更美好的信念，不求回報地協助我們解決難題。鄰近洋人都願施以援助，每日風雨無阻，為我接送孩子上學，週末洋友約翰伉儷，以賓士轎車載我全家到各處觀光。三十年前，中菜配料缺乏，史賓威僅一間中達雜貨店，貨品不全，品嚐中菜已成奢望。洋朋友頗能理解新移民思鄉情懷，特別營造驚喜；載我等到聖嬌娜區當時的唯一中餐館，享受口福之樂。雖非正宗粵菜，已是天下美味了。為讓能盡快融入社會，又百忙中抽空悉心教授日常會話，使能迅速適應新鄉，重拾幸福。

常常聽到某些朋友在抱怨洋人多歧視外族，我很不認同。總是感覺彼此間欠缺坦誠溝通，若能不惜付出友誼之手，對方絕難拒人予千里外。

追朔一九八三年墨市森林大火，整個天空被濃煙遮蔽，炎炎夏日也速速躲藏。成立不久的維省印支華人相濟會，在葉保強會長領導下即時展開活動。我和外子心水、游啟慶君，約同當時中華公學校長梁善吉先生，在史賓威區逐戶叩門募捐救災。理事都勉強支撐下班後的疲累，各人克盡國民之責回饋新鄉，示「人溺已溺」之同感。當時，英文報紙曾給予「維省印支華人相濟會」很好的稱讚。

我們既然已入籍澳洲，成為其公民，一切都該與其憂戚相關，雖然綿力未必有所為，但更勝不為。應切記有損害到澳洲的事，萬萬不可為，這也是我對兒女們喋喋不休訓誡與祈盼。

地球生態在轉變，澳洲也間或發生天災，世界經濟衰竭，當然同時也會受到影響。但總括而言，若要和其他國家相比，教育、治安、經濟、環境、等等基本問題，本國已是筆者認為人間天堂了。能容多元文化廁身共存，並各自發展母國文化，胸懷何其偉哉！常言知足永遠快樂，既然植根於斯，安居於斯；難求兼善天下之壯舉，獨善其身，嚴於自律，能以責人之心責己。若放下自以為是的優越感，莫抱來自強國的心態，知足常樂，那還會有所挑剔或心存怨懟嗎？

澳洲是我的新鄉，也是我兒孫後代永久的家鄉，我以能成為澳洲公民而慶幸和驕傲，因此我熱愛澳洲這塊人間淨土美麗的新鄉。

二〇〇九年六月初冬於墨爾本

（本文獲澳洲《新天地雜誌》二〇〇九年十月舉辦徵文賽：「我與澳洲」散文二等獎）

易幟後的小風波

南越淪陷後，華人日夕提心吊膽，為將來的茫茫前途愁眉苦臉。更換舊錢幣後、各人不敢再顯貴耀富。衣、食、行、也盡力採取樸素簡單，怕被當權者清算。

那天，二妹佩玉抱著一隻頗肥大的公雞回家，爸爸寵愛的小福狗，已在門前搖頭擺尾汪汪叫，且緊緊地跟在身後。身形纖瘦的二妹，因公雞太重，累得在廚房喘氣。重獲自由的大公雞被小福狗追逐，東逃西竄，把廚房內的碗盤傾倒，聲響把已過中年的母親引來了；柔聲指責佩玉、在這非常時期怎可買雞。並說會給我們家惹麻煩。這時候最好裝窮，是農、工等窮人天下。富人招罪的。媽媽和佩玉一樣俏麗的臉龐，已隱約浮現一抹愁緒。

二妹請媽別擔憂，表明這不是買的，是學校阮老師和我家的銀狐交換的。委婉解釋小狗多利每天吃量大，以後是一筆大開支，很難應付。而且坊間幹部財哥多次說喜歡銀狐種多利，遲早他會拿去的。她給媽媽倒了一杯茶，然後又說：

「校中阮老師非常喜愛銀狐犬，她自動要求以肥雞交換，她爸是高官，擁有一個農場。誰若問起，我們可實說好了。」

佩玉是幸運的，淪陷後仍能留校執教，是有賴平日和阮老師感情厚。否則資產家背景的她，早被開除。媽媽仍不放心，恐怕爸爸下班回家，要逗兩隻狗解悶時，定不高興了。母親張羅晚膳，臉上的愁雲更加深。

前門傳來「威士霸」機車之聲，佩玉和媽媽趕快迎到門前。健碩的葉先生滿臉喜悅已溢瀉，他不及更衣站在樓梯邊說：

「今早開會，害得我昨晚輾轉反側，擔心被算舊帳，或被掃地下鄉。真想不到，竟任命我為保長，我雖然不肖為之，但能使我家暫時安全了。」爸歡悅之情，使我們忐忑之心暫忘。爸嚷著今天沒東西填肚，催促開飯。他邊說邊上樓，口中竟哼著越南小調。

桌上的飯菜吃在爸爸口裡是特別香，小福狗在桌底蹲著。今晚沒有多利和它爭奪，也顯得悠閒了。我們母女悄悄緊張，相互交換目光。這出乎意料喜訊，讓他太高興。填飽饑腸便急忙上樓通電話，要將這好消息和叔叔、姑姑分享。

把平日飯後必逗弄家犬的習慣，也遺忘了。忽然，聽到雞鳴之聲，爸從樓上伸頭往下看並疾聲追問：誰敢買雞了，這時期處事不慎，易招搖惹麻煩。語調是非常不悅。二妹怯怯地解釋，是阮姓同事送的，回報常常給她的幫忙，說罷，驚慌地趕忙躲進房裏，就怕父親再下樓，肯定發現多利失蹤。

一頓豐盛的雞肉、鱸魚和白菜三味晚宴，在母親絕好廚技烹煮下，令各人回味無窮。看著像美人照鏡空空的盤碟，家父在飽餐後也漸現喜悅感。輕鬆臉露微笑，忽然發覺不見多利的蹤影，以為被關在後院，要二妹快找找。爸繼續用腳逗弄著小福狗。

二妹知道事已難瞞，只好告知實情。並說多利食量大，只好用多利換了大公雞。反正現在環境不可能飼養兩隻狗，況且爸剛當選保長，會受批評的。二妹怯怯地把道理言明，希望父親明白不加責備，但爸爸仍然難捨和生氣之情流露，用很大的力氣把椅子推倒，瞪了我們母女一眼，悻悻地上樓了。

深夜十二點已過，佩玉仍沒闔眼，其實她也難捨多利，總擔憂這高級的銀狐會讓爸招禍，那財哥曾多次說是有錢人才能飼養，每每看到那張皮笑肉不笑的臉，我們都感無端心寒。

前門一陣陣狗吠聲和抓鐵閘聲，狗像在哀鳴，越吠越響。爸媽被吵醒，急忙奔下樓開門一看，僅見多利純白的毛，已班班污泥貼在身上。牠立刻撲向男主人，尾巴拚命搖擺，受傷的後腿仍不止滴血。牠讓我們全家都過了一個既高興又痛惜的含淚之夜。

佩玉非常煩惱，爸已下嚴令，不可再送走多利。其實，她比誰更痛苦。大公雞早已下肚了，怎向同事交待。若再把多利送回去，是太無情了，自己也捨不得。但明天阮老師問起是否見到多利，該如何回答？

要撒謊她做不到，賠錢是肯定拒絕的。雞還不了，狗也還不了，太沒誠信。將來校中相見，真難為情。二妹整晚思量，想不出情和誠信兩全其美之法……

二〇一一年七月仲冬於墨爾本

維州州長百魯先生頒發多元文化傑出貢獻獎予婉冰、坐者是維州總督。

在人生舞台演繹

在這一生中，我都以非常忠誠和認真態度，扮演每個屬於自己的角色。由乖巧孝順，善體親心的女兒，努力勤奮向上的優良學生。高中畢業後嫁到語言不同，生活習慣有所差別的夫家，才開始感覺誠惶誠恐，真正明白常常聽老一輩說：「千難萬難，為人媳婦才是最艱難」。

日夕擔憂和頗費思量，要怎樣演繹一位稱職的媳婦？出閣前，是備受寵愛的嬌嬌女，未經磨練，未諳家務。正過著十指不沾水的懶散日子，彷彿僅要把書唸好，這是我所應有的責任，僅要盡了全力，已算是大功告成了。

婚後，我才決心學習家務，學習夫家的閩南話。誓要做到委曲求全，期待將成為讓親友讚賞被長輩憐惜的好媳婦。閨中是千依百順的賢妻，夫唱婦必隨的相濡白首到老。常常天真地想，若能達成此望，此生夫復何求？

糊里糊塗地把五名孩子帶到世間，可憐那時的我，仍然心智未全成熟，抱幼稚童心，故孩子都由褓姆照顧。但還是懂得如何讓孩子在溫暖的環境成長，以身為人母無限慈愛關懷相待，祈求孩子都能平安幸福中長大。

曾經無限庇護，經過孕育的辛苦，他她們從孩提至成長，與我心血交融，息息相關。他們的喜、怒、哀、樂，絲絲都會被影響。孩子歡喜高興時，我的笑聲比他們更響亮。他們若遇上煩惱，為娘就暗自綑結愁腸，坐立不安。只恨沒能排難解困，幼稚若我僅餘默默焦慮和偷嘆了。

移居墨爾本才四個月，經澳洲洋人李察先生的介紹，得以在附屬英國百齡分會的療養院服務。我是這所六層高、住有一百多位老人家的療養院裡唯一中國人。廁身於一群高大健碩的希臘、意大利、澳洲人的職工中，這嬌弱的我彷彿是怪物或外星人般，初期常遭取笑，或惡作劇的耍弄，飽受洋太太們的欺侮，把較多的工作推給我，第一星期是最艱苦，下班後不想進家，躲在前院悄悄灑淚。

但經過一些時日的相處，她們已喜歡我的柔弱和忍耐。管工白太太尤喜愛亞洲人的樸實和勤快，若有空缺，會首先通知我，讓介紹朋友，久而久之院內共擁有四位華裔職員了。我們都是敬業樂群，做了十多年，拿了十五年享有的半年給薪假期和襟章。因為我和好友惠燕皆喜唱歌，常為那班可憐的老人家哼唱，故被封為唱歌的小鳥或小女孩。每年聖誕節我也被邀請唱歌，由院方的鋼琴師伴奏，皆選擇意大利或英法流行的曲譜，是以中文為歌詞，老人家們都會跟著用英文陪同哼唱。對我來說工作雖煩重辛苦，我們這群經怒海餘生者，抱著感恩之心，活得很充實和快樂。

兒女就讀中學後，我完成心願，開始利用工餘的時間，積極投身社團做義工。第一次開始參加的社團，和外子一同為印支華人相濟會服務，職責是中文秘書的我，跟隨葉保強創會會長數年，學到很多寶貴的服務經驗。例如慶祝本會成立各週年的盛大遊藝會，讓我吸納了更豐富的社團合群成果，明瞭團結就是力量的重要。後隨周光、鄭毅中幾位會長服務，未料做著學著，又超過十多個寒冬了。好友鄭毅中邀約加入*3zzz*廣播行列，我和外子竟享受了三年九個月的廣播癮，這是我從來沒有的夢想。當時為了選擇當日發生重要新聞，撰寫社會上青年留學生；或老一輩遇到的種種困擾問題，只好讓孩子以麵包為餐了。每週定撰寫一篇專題播出，且歡迎聽眾致電現場討論，也得到了各方的認同。

某次、和朋友到市中心的「龍舫皇宮」用午點，有一位年輕侍應問我是否婉冰？說是我的聽眾，並送我一碟蝦蛟。並非貪圖小便宜，僅是一般被肯定的喜悅。後來、鄭台長又邀請加入澳亞民族電視台，並向我倆游說此台是華人的聲音，是以前唯一在墨爾本的中文電視。未料加入後整整和外子一同服務了二十個春秋，消磨了所有工餘的時間，也因此接觸各類不同的社團領袖，從此參加的社團越來越多，漸漸對家庭有所疏忽，也讓孩子們開始抱怨了，因此、我內心深深感愧疚。

為了要在墨爾本樹立上國父孫中山先生的銅像，讓華人後代和洋人能認識我中國的歷史偉人，便決意隨十數位華人僑領，建立「籌建國父銅像委員會」，並任職中文秘書。經整整十年的努力，終於完成任務。現時高高傲立在唐人街的國父銅像，俯視四方，彷彿正讚揚我華人子弟的堅毅精神，能在第二故鄉不懈的勤奮佳績。

轉瞬年華耗盡，苦無良策可挽留急急溜走的時光。曾幾何時？我已雙鬢盈霜，早晉升為祖母輩了，數年前又淪為空巢一族。記憶昔日每天牽手陪孫女叮噹上幼兒園，她就喜歡祖母裝瘋扮傻的逗弄，總是搖擺小手邊行邊唱。孩童串串天真的笑語瀉滿長街，也正好教我重拾童真，這一切一切依然如昨般清晰。現在的她早已大學畢業且就業，仍然和她緊緊牽手的，不再是老邁的祖母，已換成孫女的男朋友了。三位從前喜歡和我玩耍的外孫婷婷、寧寧，孫兒永良也已忙於學校的學友們，把我這老祖母的思念紛紛遺忘了。在大學住宿的外孫強強，更忙得連平日勤密的電話問候也減少了。

常常以為這既短也長的人生舞台，就如斯沒有高潮起伏，節奏加快匆匆平凡下幕。是巧合？是機緣？竟讓我能戲上加戲，了卻從小的痴望，演出粵劇。幼稚的童年，常常拿了大人的長褲穿在手上，效法台上名伶演呀唱呀的歡樂不已。人過中年竟能在人生舞台加添節目，真正踏上粵劇台板。如願得償，串演古代才子佳人的悲歡離合，內心的興奮，就當是此生所獲的特別幸運獎。

我和弟妹們自幼跟隨外祖父母觀賞粵劇，喜看粵劇的華麗服飾，從小喜哼唱粵曲，因為在粵曲世界瑰麗深邃的曲詞，和每個感人的故事中，都能把我迷醉，忘情地酣然於古人的處境裡。回想能從小舞台上加插角色，嘗試另一番滋味，頓有忘記年齡，解煩憂之效，在夕陽晚景裡，是一帖開懷良藥，得此夫復何求呢？

要演的角色已漸臨曲終之時了，回首曾經走過的腳印，皆非坦途。細認斑駁的痕跡，也許隱藏絲絲淚蹟，但撫心仰天，我敢說是對天地無愧，對長輩或晚輩都已盡心歇力，算是頗盡職守了，未來的任何一天，我都可安然等待離場啦！

二〇一四年元月仲夏於墨爾本

這群可愛的天使

人到暮年，總會有很多自尋的煩惱。思想雜念把無形的愁緒綑綁堆積，也讓病痛趁機偷襲。兒女成長後，早已嫁娶各有家庭，且為生計打拚工作繁忙，實在也無閒暇顧及兩位年老雙親的寂寞。

總以為不愁生活，住有房、吃有糧、病有醫療藥物。物質享受也算齊備，經濟安穩已是足夠了。空閒時偶然掛通電話，邀約用膳，或登門探訪噓寒問暖一番，三言兩語幾句，匆匆聚首，已算盡為人兒女的職責了。

尚幸那群孫兒女們日漸長大，與我這內外祖母非常投緣。每週數次通電話，純真的童言，讓正處黃昏暮境的我，如沐春風般。本來心情欠佳，焦慮煩惱不安的情緒也漸漸平復。

昔日、逢學校假期我定帶領長孫女叮噹，外孫伊婷、伊寧吃午點，她們皆喜選擇「飲茶」，所謂「飲茶」這節目，是孫女們最喜愛。現時叮噹早完成大學，前年廁身社會，且已結交了男朋友，有不同的生活方式，不願也不肯陪幼伴老了。

戲院經營者很懂兒童心理，長假期時多放映卡通片。我會預購五張門票，邀約外子領著孫兒永良、外孫女伊婷和伊寧一齊往觀賞。心水是肯定預約周公，在院內靜悄悄閉目養神或安睡，我卻像老頑童般陪他們一起歡笑觀看，還分派零食讓孫輩開心度假。不禁內心默默許諾，僅要體康仍允許且能支撐，我非常願意為孫輩們作伴。

還記得去年，我因血壓高而進醫院，才十一歲的孫女哭著說：「不要我住院，希望每天見到婆婆」。早上或晚上，都有電話問好，如此窩心的晚輩，我心足矣，夫復何求了。姐妹倆若數週未見倆老到她們家用晚膳，也會尋根究底，要求父母邀約我們共餐。

孫兒永良也日漸長高，長相竟和其父稚齡時一般模樣。看到孫兒的舉動，不禁勾起在越南的往事，尤其小兒子抱著蓄錢的樸滿，送到我四弟手中，求舅父把他帶去玩的情境，往事如煙，卻清晰未散。但現已人事全非了，走的已走，散的也散了。

每次到永良家作客，他總纏著要我多住幾天陪玩捉迷藏，現代人的所謂小家庭，都以為一個孩子已足夠了，父母可明瞭獨生兒女成長期，是那麼寂寞，我這祖母便成了他的玩伴。畢竟屋裡可躲之處有限，為了讓孫兒高興，我這祖母，常常假裝瞎子，避開他所藏的位置，彷彿瞎子般東摸西尋。逗得他歡笑不停，頻頻數說祖母真笨，是個大笨蛋。這一年他又進步了，求我下象棋。對棋藝不精，又兼視力欠佳，常因被他突然發難，連車馬砲通通被吃光。更有時被他將軍，而至全軍覆沒。他教我玩西洋棋，我常會犯規，輸得空白。怪不得活到老，學到老，玩了無限次數，至今仍然未能熟悉每個棋子該走的方向。

孫女黃英子

孫兒黃永良

在舊金山定居的強強，去年就讀史丹佛大學，對我這愛玩的外婆極為孝順。放假回家時，都預先約好在電腦螢幕聊天，他為了讓我增加生存的慾望和對生命留戀。頻頻鼓勵要把體康照顧好，因為他將來的孩子還要我幫忙照顧。這麼長遠的事，自知無能為力，但強強的一番孝心，我是體會心領的，內心的歡慰，是文字所難以描劃。這位翩翩少年，從早產時只有五成存活希望，而至健康成長，是天賜的奇績。想起家父對他無微的愛護之心，和每天煮營養豐富的稀飯餵食，他畢竟沒有浪費外曾祖父的心力和祈望。

最小的孫女英子才三歲，樣貌甜美且聰明可愛，每週六我和兒子相約在螢幕與孫女見面。週末清早，我必定痴痴等待，彷彿是等情人相會般。兒子間或出差國外剛回家，疲累而遲遲未開啟電腦，我會感焦慮，煩燥不安，急急致電尋找。孫女見到我時，都哼哼呀呀唱兒歌，很難聽懂其所唱的何種語言，幸好兒歌的曲譜仍依稀能認。去年明哲舉家回澳洲慶聖誕和元旦，這對我印象深刻的乖孫女，立刻飛跑過來，坐在我的膝蓋上，顯得如斯熟悉和親切。我這老祖母不禁喜在面上，甜在心坎裡。今年我的生日，未料這聰明小美女已預先學懂彈生日歌，竟為我演彈祝賀，讓老懷為得此賀禮難掩笑顏，心甜勝蜜了。

說來慚愧，包括兒女和孫輩們，年幼時因本性較笨（這是我媽媽認為我是兒女群中最笨），故從未讓我親自撫育或照顧他們。但看到兩代後輩都健康幸福的成長，內心有無限的欣慰，該感謝祖宗及神明厚賜，讓我臨暮境能擁有這群可愛的天使陪伴，正所謂笨人自有笨福吧，真是老天爺賜給我的最大恩惠啊！

二〇一四年二月季夏於墨爾本

誰憐天下父母心

尚記初履墨爾本時，帶著一群年幼的兒女，讓我們徬徨恐慌，口袋那一百塊美元現款，怎能讓孩子溫飽？幸好人道的澳洲政府，為我等難民安排極為妥善，讓大家絕沒後顧之憂。

每日清早，難民暫居中心為學齡的孩子們準備早餐，大餐廳人聲沸騰非常熱鬧。學校大巴早已等候門前了，送兒女上車後，我便開始提心吊膽，坐立不安；怕年幼的小孩，沒父母相陪，易於迷路或走散。數月後、我覓得工作、也忙著上班，那焦慮才漸漸減卻。

社會達飛猛進，孩子也成長，我的擔憂忽然加深了。不可置疑，洋教育好處頗多，略嫌其自由幅度太廣，風氣也較為放縱。現代青年都多以個人為主。昔日的關愛，孩子會感被寵愛的喜愉；但現今看成是過分的嚕囌，父母的喋喋不休，讓他們無限厭煩。

孩子都有自己的同學與朋友，當然是節目豐富，生日派對、聯歡舞會等等。較有孝心的，出門會說今夜遲回，請莫等門。不過，據我以己忖人，真能高床暖被的進入夢鄉的母親，是太稀有的。回憶夜夜倚窗靜待，細數馳過的車聲；那時的焦慮心境，是文字難以描述，也是兒女沒法體會的。

昔年照顧四名兒女（大女兒跟隨我父母赴美，以減輕我的負擔），常感心疲力倦。猶幸都是曾經歷磨練的孩子，他們對一切皆能自己應付，且都為我分擔家務。看著孩子們日漸成長，本來也該釋懷了。但少年的一群，總有「維特的煩惱」，更加重我的煩憂。閒時和數密友聊天，都說最使擔憂是這不大不小年齡，好奇的一群，最易被複雜的社會染色，是最需要多費心思防範。於是、他們又成了添愁劑，加重我的煩惱。若未能自找解藥，也僅有等待被愁絮壓死。

次子在墨爾本大學榮譽學位畢業了，且已被某公司聘請。出席典禮後，外子比孩子更高興，嚷著說家裡又添一名生力軍，生活肯定更寫意了。孩子沒有休息，立刻到某電腦公司上班，讓我也雀躍，他能學而致用，是最感安慰。

那天，次子說和朋友合租一單位，週末要離家搬出去，方便上班。外子氣得臉色鐵青，我則立即淚眼迷糊，默默為兒子收拾細軟。原來孩子一片孝心，不願見我倚窗等待，夜夜難安眠。因為社交定較就讀時頻繁，未忍慈母為此而影響健康。道明原委後，外子對我有話說了。從抱怨至勸解，要我拋開對兒女的過分關愛，否則有朝一日，全部棄我離家他往了。

我也知道要放鬆了，該讓他們有自己的空間。孩子並非我的全部，該找些嗜好，打發工餘時間。孩子各自成家後，僅餘幼兒陪伴，不久，老么為我加添了一名女兒，即是那位小媳婦，結婚前又另置房子。到這時，才真正體會所謂空巢族的無奈。本來以為自己已學習釋放了，對成長的孩子們，再不會過分緊張，絕不用牽腸掛肚了。原來是本性難移，除了孩子外，反而加添對孫輩的關懷和溺愛了。

昔日子女求學時，校方所辦的露營，他、她們都難說服這思想守舊的母親；讓孩子錯失了離家獨立，和嘗試團體生活的機會。現在孫女隨校方遠足，我也試圖極力反對，竟沒效果，孩子們彷彿要從下一代作為補償，尋回求學時的損失，我僅能惆悵地等待孫兒回來了。

孩子們已相互議論，一致認為我患了精神緊張症，心裡有問題應看專科。終於讓我明瞭，嚕囌和牽掛是讓他們感壓力，使在工作之餘添上煩惱。以後我定要收斂過分餘情，有限的晚年為自己而活。惜眼力日漸衰退，晚上看書或敲鍵盤創作漸感吃力，於是和外子共同觀賞錄影劇集；從電視影片裡看人生百態，沉醉歷史人物的忠孝俠義，瀟灑閒逸的情趣。

借此可助我忘去種種杞人之憂，把一切親情關愛，埋藏心坎裡，免去外子的抱怨，也省得兒孫漸萌的厭煩，不禁還是悄悄偷嘆，現代父母最難為了。

二〇一四年三月初秋於墨爾本

用慈愛灌溉的玫瑰

作者慈親鄧鏸嫦老師遺照。

壁上雙親永遠微笑的遺照下，擺設了一座音樂玫瑰盒。那盛開的美艷花姿，陪伴兩朵含苞待放的花蕾，那深色玫瑰紅使客廳加添喜氣。這比所有曾經獲得的獎牌或獎座，更讓我珍惜和驕傲，它蘊藏了無限的慈愛。

家父離開我們已十六年多，媽媽也已辭世兩年，但每天清晨、吃過早餐後，我已成習慣向雙親行注目禮。相信這舉動，直至我患上老人痴呆，把自己也忘記時才休止。彷彿慈母的溫柔語聲，爸爸的無限關愛，會從彩照送出，慰藉女兒日夕孺慕的情懷。

當孩子都成長後，我才運用空閒，開始學創作文章。也為了排遣工餘的無聊，將撰稿視為消遣。外子也不停的推動，啟發我向文學發展。經過不斷的努力耕耘，總算略有收成，拙文終於能得到編輯錄用而見報。那時的我，竊竊自喜，比中了頭獎更雀躍，自以為是作家了？趕快剪報郵寄給雙親，靜靜等待聽到讚許之語。果然，爸媽閱讀文稿後，定撥長途電話或寫信，除了不絕的讚賞，還給很大的鼓勵，並許諾若是優秀佳作，必寄來獎品。

真的，爸爸媽媽是言而有信。這些年來我常常收到父母的賜贈，除了食品、衣服用具外，還有很多小擺設和首飾：如水晶魚、熊、夜光觀音像、水晶球、杜鵑花、牡丹花等等……。客廳和睡房給裝飾得更溫暖更為雅致，處處充滿慈祥的恩澤。從此我更加倍的努力創作，以娛雙親，贖還我未能承歡膝下之罪，亦可滿足我的貪念。

記得很久前，台灣人投資在雪梨創辦的「自立快報」面世，刊登了我的一篇小品〈秋跡〉，能得此大報採用，我高興莫名，除了沾沾自喜有額外收入，還趕速寄赴美國邀獎。也因此因緣際遇，讓我靈感如泉的加倍用功，賺了不少意外的款項，爬格子變成我名利相收的喜好了。

上述那篇文章，是寫及我家前院的數株顏色繽紛的玫瑰。每年看其香容並茂，迎風騷首的美態，會引動內心的歡愉，僅可惜花季為期短暫，數天迎風招展後便匆匆凋謝了，讓我無限感嘆！曾不厭其煩地各處尋尋覓覓，多次向花店花農探詢，永難尋獲能穩持四季不凋的玫瑰，心坎裡難免絲絲失望了。

尚憶那中午，炎陽狂妄地高掛，竟敢讓熱力昇至無法抵擋，氣溫超越三十八度。這星期正值體康不適，懨懨病態的我，懶惰地臥床，仿若正在被煎烹的魚兒，無處可藏的坐睡不安。忽然，門外鈴聲頻頻按響，原來是敬業的郵差，在如火烤的高溫下送來包裹。

細細欣賞這結上美麗彩帶的小小郵包，遲疑不捨開拆，就像怕拆走了深深包藏的那份母親慈愛。但還是忍無可忍，耐不住好奇，終於讓謎低揭曉。小方盒上面附有一張淺藍色的賀卡，媽媽蒼勁有力且整潔的墨黑字體，連同溢瀉的慈愛將卡片填滿：

> 親愛的錦鴻，妳不是常常想方設計，要尋找永遠不凋的玫瑰嗎？看我已為妳栽種一棵了。是玫瑰三願，好好保留吧；聞聞是否有股濃郁的香氣，在悠悠飄散。她

將永遠屬於我的乖女兒，並天天陪伴妳，給妳帶來好運。

愛妳的媽咪

曾是外子心水小學老師的母親，文筆和字體都比我好，內心感到慚愧。以微微顫抖激動的手，急急拆開盒蓋，三朵嬌艷栩栩如生的玫瑰，靜躺在紅木架上。轉動木架底鐵鍊，隨即叮叮噹噹地奏出一首清脆的樂章。

屈指細算，這三枝玫瑰，也經歷了十多個寒暑，依然未負媽媽所託，迎風盛放，對我不離不棄的陪伴。為怕電池出故障，音樂有朝一日突然不響，也不敢輕易轉動樂章。看著塵埃匿藏於花瓣的隙縫，粗動作的我又不敢用力擦拭，彷彿害怕一旦花兒被摧毀，連慈母的恩情也會消散。

眼看玫瑰的色澤已開始漸漸退淡，卻依然盛放，風韻未減。但媽媽和爸爸的笑容和慈愛，還是永遠的掛在牆上，回應我朝思慕想。越想越難過，思緒漸陷迷茫。只能默默祈待，望雙親憐惜，賜我續緣進我夢境，慰藉那份殷殷思親情懷吧。

二〇一三年十二月初夏於墨爾本

碧海藍天擁抱澎湖

世界華文作家交流協會應「臺灣財團法人海華文教基金會」邀請，於三月十六日組團赴台灣采風，感謝邀請單位安排了非常充實的行程。十七位文友結伴同遊，度過一星期愉快的時光。與舊友新知匆匆共聚，走訪台北、台中、台南三地有名景點；我竟然破例，除了興奮沒有半點疲累之感，讓自己也頗覺得驚喜。

愉快的行程，就這樣轉瞬間溜走。二十二日早，文友在餐廳道別，心坎難免浮動着絲絲離緒，紛紛互訂重逢之期，我為了沒法在門前相送而深感抱歉。因我倆被「宏全資訊公司」蘇清得董事長的夫人、熱情真摯的李孟璇女士接走，趕赴松山機場，再度踏上她專為我倆安排的旅程。

客氣的蘇太太因事忙，難以抽空，特意安排她二姐及姐夫相陪遊覽澎湖。他們雖是居住台北，仍能保留人性本來的純樸。二姐名喚淑珍，姐夫是葉永明，葉姓同宗初見，所謂同姓三分親，我們竟然沒陌生之感，是一見如故。於是，由資深導遊阿倫帶領，在澎湖展開三天甚為寫意的環島之旅。

澎湖原名「媽宮」，她像珠串般淡雅明亮，共擁有六十四個肉眼可見的島嶼，散佈在海域中，但真正能容納人們居住的只有十九個而已，據說初期的移民多是來自漳州和泉州。她像珠串斷線般，各自散落在美麗的台灣海峽中，以純樸美態拱托着寶島。是中華民國最小的縣，也是其全國受管轄中的三個離島之一，人口約十萬零九百餘人。澎湖那一望無際的藍天碧海，是養活着萬物的寶藏。她經歷造物者的巧手，大自然日夕不斷風雕水塑，形成稀有景觀，展示世界難得的另類姿容。厠身在其任何角度，都能呼吸特別清新的空氣，沐浴在明媚溫暖的陽光下，使人感受無限舒暢。

澎湖並不是想像中落伍，雖然被環海圍繞，也非物資短缺的窮鄉僻壤，處處皆呈現代化建築。可愛的居民們素質很好，禮貌熱情且服飾樸素。大街小巷都有小商店，擺列澎湖著名土產，如紅糖糕、香脆芝麻魚乾，海帶、花枝乾、蝦乾、各類花生等等，多不勝數，足令喜吃零食的我偷偷垂涎。島上居民生活非常悠閒，臉上展現是難於描述的滿足和安詳，讓感覺是走進陶淵明筆下的「桃花源」般。澎湖雖然是遠離台北，居民卻都享有良好的教育和衛生設備。

沿途導遊在介紹島嶼的景物，原來我等正處於馬公島，那島是由馬公、中屯、白沙、西嶼四大島所組成，故面積頗廣。四島嶼的連接之責，全由三座大橋相互貫通，就是「中正橋」、「永安橋」、「跨海大橋」。讓我等驚訝和意外的是四面環海的島上，竟開辦有小學三十九間，中學十四所，大學一間，真讓我深深感受到中華民國對新生代的重視，也足證其興辦國民教育非常普遍。雖然如此，仍有很多青年們，嚮往到繁榮的台北求學或就業。

俗語說：「靠山吃山，近海吃海」，大概是靠海維生之故，居民多是信仰佛教。其大小廟是多不勝數，據導遊說大廟有幾十間（搜查的資料網顯示是一百四十四間），小廟也有數百座，幾乎每一鄉村都有一或兩間。曾參觀部份廟宇，式樣古雅，建築雄偉。若要進廟禮佛，跨越門檻時，原來都有所規則，是右進左出。當日的我幾乎出洋相，幸好淑珍姐從旁指導。廟內見數棟擎天雙人抱不攏的圓柱，浮現金龍盤踞，栩栩如生的彩鳳飛翔，均極具精巧的藝術價值，所供奉各方神靈，也是細心雕塑的陶、銅、或礫金神像。

那座屹立在中央老街的「天后宮」即「媽宮」亦稱「媽祖宮」，是全台灣歷史最悠久的一所古廟。據說是康熙廿三年被賜封為天上聖母，並特賜鑲嵌金面；因其庇護施琅順利攻佔了澎湖而立功。這所古廟經歷鹹水和風雨的侵蝕，漸漸破損，從一七五〇年始，多次重修後，力求能保存其昔年舊貌。除了寶殿內慈眉善目，雍容和靄，巨型金面媽祖外，經歷四百多年的古廟，處處仍難免有脫漆或班駁的痕跡。這座信徒頗眾的古廟，有藝術價值甚高的畫、字絕作、小品等等。正殿大門的花鳥屏風，三川殿、斗座等等，均富有極高的藝術觀賞價值。神龕左右的四幅裙堵小品，就擁有介紹王羲之、孟浩然、蘇東坡、杜甫四位古代大家的文人軼事。除此，竟未有過分的奢侈宏偉。大雄寶殿四周，皆僅廟外的插雲且高高彎起的飛簷，依然龍騰鳳舞盤踞，才略顯天后的尊貴氣象。

澎湖海產豐富，種類繁多，彷彿是一個寶藏，有永遠淘捕不完的鮮魚活蝦。我們每天嚐試各類海產，堪稱大快朵頤了。看着那碟新鮮剔透的活花枝，真是又愛又恨；為了其膽固醇過高，未敢舉筷輕試。大概是日夕以湖為伴，不覺間也愛嗅那飄浮腥氣的空氣了。細語向外子訴說，下次造訪時，定要小住數週，好好餵飽那喜歡海鮮的胃腸。

所謂隔牆有耳，那精明的導遊竟像有順風耳，立即又乘機會介紹說：下次各位若再來旅遊，應選擇的最佳時刻。原來該處的風俗，每年元宵所舉行的盛大慶典，是眾廟宇相約合辦抬轎遊行。由四十位青年抬轎互串大街小巷，沿途鑼鼓喧天，鞭炮競燃。還有爻杯比賽（是在神像前許願，將兩塊圓錐形木擲地，若一圓一平才算勝杯）。誰爻得最多的即可獲一部轎車為彩頭，非常熱鬧。那時期的旅店、餐館皆門庭若市，為由台灣各地擁來的大批旅客而笑逐開顏。

那天，萬里無雲，我們一團分乘兩艘小汽船，參觀養牡蠣場。抵達湖中，我已有點心慌。男女導遊讓客人踏上搖動的浮筏，自我賞試捕魚或吊牡蠣之樂。湖面上呼呼吹起的那股強勁海風，劇烈搖搖盪盪的感覺，我已把碧水藍天混淆為一色，心魂也隨浮筏搖搖欲墜，幾乎跳脫體外，唯有請求先回船登岸了。好客的澎湖人已為我等發動烤爐，請旅客自烤嚐鮮，生蠔熟透硬殼爆開，蠔汁如箭噴射，使各旅客未食已沾身了，陣陣飄送的鮮味足夠引發饑腸。四周遼闊的廣場，並未空置，展示各種巨型種物，皆取材於牡蠣的外殼為料，盡廢物利用之能，又是讓我佩服和欣賞另類藝術展覽。

限於三天行程，僅是匆匆走馬看花，但也不願錯過每一景點。僅一棵通樑古榕，立令我這澳洲劉姥姥出醜，還敢高聲大嚷「哇！來看呀，多整齊的榕樹林」。導遊忙糾正，這僅是一棵榕樹。對着這棵經三百年的榕樹老祖宗，真難想像竟堅毅地讓根深柢固的榕鬚延綿，伸展糾糾纏纏成棵棵粗壯的樹，有序排列成林。細心探索，前後各方細細查看，才明白是源出一棵老榕樹頭所成，年年月月的根鬚壯茁成長，悄悄相連糾結，成就了這使人驚嘆的奇觀，不禁慼嘆大自然生生不息的堅毅生命力。傻痴的我又觸發奇想，若人類也能與根苗相互並存，活上二三百年，子子孫孫代代相陪，該是何等幸福理想呢。

早期飽受越戰的驚嚇，又歷怒海餘生的僥倖，本來是談戰變色，竟然去參觀「西嶼西台」的「西台古堡」，這座清朝李鴻章所建的山字形堅固堡壘，紀錄着台灣海峽風起雲湧的歷史軌跡，擔負扼守馬公港的軍事重責。砲台在一八八五年重修，沿海岸線約三百二十公里。石牆壁厚約一丈（是筆者約略估測），長廊都以拱門式串連轉接，兩旁設有圓形或方的洞口，除了當作通風和透亮光外，也可用以遞送彈藥、擊敵或徹退時用。依然架着大砲的石山頂，威武地等待旅客拍照和讚賞，頗多雜亂的彈孔分佈山上石欄裡，正顯示昔年保家守衛國土的輝煌成績。

古色古香的二坎，本來可描述的不多，都是古老的民居。難得是那待客之熱情，遊人到訪，紛紛在門前臨時擺擋；叫賣杏仁茶、仙人掌果汁、地道甜糕等，慷慨且殷勤地讓客人試嚐。那誘人的陣陣飄香，且價廉物美，團友不禁要駐足採購了，消費一番。也造訪了「張雨生」和「潘安邦」這兩位澎湖出生，前者因車禍不幸英年早逝，另一位卻被病魔強迎去的歌手藝人。皆成澎湖居民驕傲和惋惜，尤其是潘安邦所遺留的「澎湖灣」，這首幾成了台灣人都懂得哼的歌了

時間雖匆促，像齊天大聖曾到此略遊的景點也很多，卻未敢稍留鴻踪（鴻是本名）。略為駐足的像風櫃聽濤、山水沙灘、大菓葉柱狀玄武岩等，僅屬走馬看花而已，恕難詳述。還是讓筆者帶各位參觀內容豐富的「生物博物館」吧，該館佔地頗廣，其建築是新式且具時代化。每個題材都配以特別的科技，詳細介紹人、物、景、以及澎湖居民的生活點滴；習慣、風俗、歷史、文化發展為核心。除此外還有海洋生態、農漁工商、宗教等等，皆採用立體動感展示，讓人們徹底了解澎湖島民的日常起居點滴。讓我動容的是兒女慶祝生日，定要向雙親碰頭跪拜，謝慈母生產時所受的痛苦，雙親教養成長大恩。至此我也深深反省和動容，偷怨自己的禮數未夠妥善，除了結婚日對雙親叩首外，再沒行過謝恩禮了，同樣，也沒受兒女的跪謝酬恩。不禁對離島居民深感佩服，其仍然堅持根傳我國固有道德文化而衷心鼓掌讚嘆。

實在感抱憾，拙筆未能詳細描述澎湖風景的自然美態，建議讀者還是親身造訪該島體驗吧。臨別時不禁再深深呼吸數口自由的空氣，向視線所及可惜沒法登臨遊逛的各島嶼送上目光致歉；又匆匆隨團趕赴機場，結束這次非常舒適愉快且大飽口福的澎湖之旅，除了感謝葉永明伉儷相陪和照顧外，更非常感激蘇太太的悉心安排，讓我倆享受如此美好的旅程。

二〇一四年五月於墨爾本

喜愛擁抱海洋的詩人

那天，郵差送來一封信套殘舊，尚幸其封皮字跡依然清晰的遲遞信件。外子急急拆閱，原來是馬來西亞詩人「李國七」。根據信中寄發的日期，已遲了兩個多月了。外子不斷地抱怨，責備郵政局的疏忽，幸好下週才是相約見面之期，仍未因此鑄成遺憾。

電話筒傳來柔軟的年輕聲音，讓我差點誤以為是女性。外子準時到達碼頭接載，迎接他到我家作客，由我見證兩位神交已久的詩人初次會面的歡喜。原來他並非如其聲調之柔弱，是位瘦黑且肌肉結實的男孩，他就是「李國七」。

那雙光芒且精靈的眼睛，蘊藏無限智慧，配合適當的五官，讓初會的人頓生親切感。那濃濃馬拉腔攙雜的國語，和我濃濃廣東音頗重的國語交談，更添諧趣。除了皮膚顏色較深外，其年輕的面貌難覓飽餐風霜的痕跡。歷年來數不盡黑夜白天，都和船艙機器和廣闊的碧海青天為伍，邀波濤為伴，仍然保留其滿身的書卷味。他給我們的印象，是如斯的純樸。帶來的禮物，是一套精緻的茶杯和兩本已閱讀過的雜誌。

以後，李國七的船若駛進墨爾本的港灣，他必定電話通知。外子也一定興高采烈地把這忘年之交的他接回來，我也樂意為他準備飯菜。雖然我的烹飪技術欠佳，他仍是吃得津津有味，且頻頻道謝和讚不絕口，逗得我樂極展顏。話匣子打開，他會滔滔不斷天南地北，把沿途的見聞述說。

因此，讓我增廣見聞，略悉澳洲小鄉鎮的不同風俗，很多是我孤陋寡聞的事。原來每次外國商船舶岸時，早有巴士載來些背景各異的艷裝女子，等待登船彼此找尋慰藉，此事令我「張口結舌」，對我簡直是天方夜談。他會殷殷詢問文壇的近況，當談及其心儀還沒緣認識的文友時，國七總會露出滿臉的遺憾。外子和他非常投緣，常常會傾談至深宵才散。

間或，國七邀請我闔府參觀其貨船。孩子最為興奮，雀躍於那船上的各種裝備，在甲板上流連。尤其對黑夜裡的大海，在滄茫海域裡浮現的點點星光，正和倒映堤畔的燈火，相互推盪掀動著。窄矮的艙房，僅足夠容身的睡床；配一張小几和小木椅，像克難的廁身之所，卻是他舒發夢想的溫床。

在渺茫的海天一色中，忙於乘風破浪的旅途上，仍能不間斷地創作，首首飽含蒼涼豐富感情的作品，在各地文壇刊登。在馬來西亞發表的皆是用馬來文，也足見其出眾的才情。他那堅持的創作精神，也十分讓我們感動。

我百思莫解，非常的好奇，如此一顆青春的心，怎能忍受枯燥的航海生涯。曾經聽說：若長年飄浮海洋，餐風逐浪受日烹雨淋的煎熬，人會較易蒼老。但國七經年不停地在海天穿插，卻依然稚氣未減，青春煥發。

某日，曾探詢何時結束飄泊生涯，重回大地懷抱？他卻微笑著說：要等哪天他真的對湛藍的海感覺厭倦時，便會改和綠草結緣。

每逢貨船泊岸，他定孤身尋幽訪勝，喜歡遠離城市的小鎮，往大街小巷瀏覽。他樂意接受那些村民熱情的款待，讓他有回家般的溫暖。願意為讀者找純樸無華的靈感，撰寫些蘊含濃厚特色的詩篇或文章。他並不像一般船員，著陸抵岸後僅追求醇酒美人，一夕狂歡。

他讓寶貴的黃金期，完全無怨無悔投給多變的海洋，對海擁有一份深情和依戀。能呼吸冷凍滲雜海腥味的空氣，他是最感滿足。他的詩作、他的散文已被波濤洗滌得如斯飄逸清雅，被海風煽舞得更多采多姿了。

國七好學不倦，陪他上船的不是零食或色情特刊，而是一袋厚重的中、英文書冊。他努力考取了一級機械師，他決定終身觀海描海，與海結緣。忽然，沒半字信息，他像突然消失在空氣中，外子由此非常擔憂，總說大海是無情呀！

數年後，一次去馬來西亞出席文學會議，終於有緣再見了，使我倆無限驚喜。他來旅館找我倆聚舊，共舉啤酒歡談，原來他已放棄海洋。而且已經娶妻育兒的他，終於不再擁抱海洋了。他現在喜愛的是太太和兒女，他選擇擁抱的是溫暖甜蜜的家庭了。

力求上進的這位著名海洋詩人李國七，離開了海洋飄流的生活後，在中國各大城市奔波營生，且以業餘時間，繼續求學，終於考取了博士學位。數年前外子心水創辦了

「世界華文作家交流協會」，這位忘年交的詩人受邀成為會員，他樂意參加以表達了對心水的支持。

二〇一三年初春於墨爾本

墨爾本市長 蘇震西先生頒發「社區傑出貢獻獎」水晶獎座予婉冰女士。

印支華人相濟會的回顧

自從越戰結束，越南淪陷後，向驚濤駭浪挑戰的成群結隊船民，紛紛投向崇尚自由法制的美、澳、法、等等國家。於是、墨爾本的難民也繼續增多。一班從印支三邦逃避到此世外桃源地的移民，深深領會和嘗試了初履新鄉之苦，抱著要為同僑服務的宗旨，難民們在生活稍為安定後，便自願聯合起來，群力群策，組成了印支華人相濟會。

猶記一九八一年的冬天，讓人抖擻的寒風，正在侵蝕這班失去家園者。他們忍受八小時不停工作後的疲累，數十位齊集在一小鎮的貨倉裡，或坐或站的共同商討成立印支會，貨倉內是沒暖氣裝備。筆者有幸，當年曾跟隨丈夫黃玉液和好友游啟慶結伴出席。也見證我們難民當年的堅強，和團結的精神。在模糊追憶中，在座我認識者有葉保強、陳佐、游啟慶、葉華英（筆者母親的同事）、陳作欽、曾毅華（是當年穗城學校執教、筆箸母親的同事）、馬發業、馬君南、葉應焜、黃玉液……等等。當時參加的人非常擠擁，故列席者未能盡錄。

最難能可貴，是一位來自香港的律師賴巨榮先生；他憐恤我們這些越藉華僑，勇敢投奔怒海的餘生者，缺乏當地法律資訊，竟慷慨且熱情地義務為本會辦理一切手續。包括向政府立案和申請補助，擔任我們的法律顧問等等。一九八二年此會終於成立了，並能善才而用的各司職守，中英文皆通的葉保強在眾望所歸被推選為創會會長。積極推動會務的他，租了會址並有兩位專業社工長駐，積極為新舊移民服務。

舉行首次被洋人稱許讚嘆，容立數千位觀眾的大型遊藝表演。記得當時我和鄭清霞（馬君南太太）在門前賣票，竟應接不暇。兩個小小的鞋盒，竟幾乎滿瀉。那天炎陽高張，酷熱讓人難受，火神竟瘋狂吐發世紀災難。翌日濃濃的黑煙，吞噬陽光，讓墨市驟然變成黃昏。於是、印支會緊急集合，由葉會長分配往各區募款。游啟慶、黃玉液和我；請身為中華公學校長的梁善吉兄帶領，連夜叩門，向學生家長募捐。這回饋行動，首次獲得澳洲主流社會英文報的讚揚。

第二次的十週年慶，本會已擁有歌唱者和音樂手，還有舞蹈員等。那年還特別情商珊瑚粵劇社演出折子戲，節目可算是非常豐富。陣陣悠揚的樂韻、歌聲和歡樂語音飄浮於市政府的大廳內。廳外走廊長長的木桌上，擺上數不完的各款食物，招待觀眾。這時的印支會，經葉保強帶領全體理監事們努力，會務蒸蒸日上，經濟也頗安穩。故散場時得到各方人士的稱讚。

第三次二十週年，仍然得到市政府的場地贊助。這次更是名符其實的多采多姿，有越、柬、寮的民族舞蹈。還有當時年輕男女，現皆已是僑社領袖者，依然落力地為大會表演歌舞。且有越南華僑組成三個粵劇社演出，不辭勞苦粉墨登場。並有越裔樂隊歌手，為我們唱奏了幾首非常抒情，讓回味無窮的越南歌曲。救世軍也為我們演出話劇，週末華語學校也為此演出四重合唱。當場還為救世軍籌到可觀的善款，以報昔日救世軍對難胞的幫忙。

除了各大型的遊藝會外，本會還舉辦了三次難民生活、或成就的展覽。先後由葉保強、鄭毅中、黃肇聰等主辦，分別在華僑文教中心、澳華博物館、和難民博物館，曾引起當地官員和兩岸政要親臨觀賞。尤其在難民展覽館展出，時間頗長。每月一次的老人營養餐，看到一百多名會員在餐會上高興共聚，主辦單位的我們，不禁笑容呈現了。每逢聖誕皆備有豐富禮物，讓各人抽獎，理事們也樂見老者臉上的喜悅笑顏。後因經濟問題，營養餐改為兩月一次了。間或也會舉辦郊遊，讓大家享受野外風光。近年更凡星期天由鄭會長辦大新倉頡中文打字班，使人們都有接觸新科技的機緣。也曾辦青年領袖訓練，參加者更有自信，能肯定本身的潛在力量。

歲月匆匆、光輪不停地無情混轉；昔日的一班熱情創會者，都已兩鬢凝霜，臨暮境之年了。我先後曾隨葉保強、周光、鄭毅中三位會長擔任其中文秘書。那不算短的時間，也足見證本會由興旺至恬淡。常常笑談中說及，千萬別淪為末代王朝，幸郭孔泉先生不畏艱難，勇敢毅然接捧，我才不用成為末代秘書。

轉瞬又是三十年慶典，曾為本會努力服務的很多元老已歸仙山了。今屆我以常務顧問在鍵盤敲打，讓三十年的林林種種走過的腳印，用文字留下記憶。我們的下一代，對所謂社團服務，感覺是不太熱衷了，不禁有後繼無人之嘆了。總而言之，該為當年及各屆的理事們鼓掌，各位所付出的精神和時間，對我們難胞的穩定曾給很大的幫助，是有苦勞和貢獻的。

二〇一二年元月於墨爾本

附錄：浮生百繪讀《放逐天涯客》

吳懷楚

一年三百六十五日，就我的勞動時間而言，真的很難得有個閒逸，好好地靜下心坐下來讀一點書，又或是寫一點字。不意在兩三個星期前，是由於一個名為Polar Express（暫譯為北極快車），和一個從阿拉斯加（Alaska）同時吹送至的兩個冷氣團，為丹佛這個山城帶來持續五天的暴風雪，而幸好這五天的暴風雪，有三天我是不用上班。同時，這場暴風雪也正好為我製造了一個讀書寫字的大好機會。

於是乎！我就一口氣讀完了兩部書。一部就是心水兄新近面世的《柳絮飛來片片紅》，另一部就是婉冰的微型小說集《放逐天涯客》。前者，讀後已寫了一篇塗鴉，至於後者，也很想趁今天有假，憑出一點時間來寫下些許個人讀後的感想。

認識婉冰，自然也是由於心水兄的關係。婉冰涉足於文壇，雖然起步較晚，但她的一支筆，相較於許多比她出道早許多時的所謂作家、文人，實在不遑多讓。正所謂：「學無前後，達者為先。」是也！

婉冰，我上次拜讀她的散文集《回流歲月》，是在一九九八年歲杪，正值隆冬時節。讀後，我也催就一篇文字投在北美的《僑報》文藝副刊上。回首不覺已是十五年彈指過去的事。至於《放逐天涯客》，則是她見贈於我的第二部她的大著，是一部微型小說集。

讀小說，就猶如在聽故事一樣。故事說得好與不好，就得看說故事的人的一張口才，至於小說的好與壞，那就要看作者的一支筆其功底與修為，其內容是否能引人入勝，尤其是對於微型小說而言。

記得已故的香港詩人作家徐速先生，就曾經很幽默說過：「寫文章，最好有如女孩子穿的迷你裙，愈短愈妙。」想微型小說也正是如此應運而誕生的吧。

婉冰的這部微型小說集，她一共為人們訴說了五十八個小故事。這些故事發生的場所，從過去她的生長地越南，到逃奔怒海後現時定居的澳洲墨爾本，甚至中國大陸內地。故事在內容性質方面，涉及的層面頗廣。通過她筆下流瀉的這些故事內容，人們可以對這個有如萬花筒般花花世界的浮生，就有著更多的參悟與認識。

大著中有好些篇章，是以越南作為背景。即如寫堤岸解放前處於兵荒馬亂，在那混亂時勢，軍紀敗壞的政府別動軍無惡不作，擾民行為的〈蒼天張眼〉；寫親身經歷西貢舊政府，與解放後新政權的紙皮叔，莫名其妙地被冠上一項莫須有罪名「間諜」而被關押的〈紙皮嬸〉，讀後很容易勾起來自越南的人們，對舊日越南故國的回憶。

儘管我們這一群成千上萬，不被兩岸中國承認為中國人的海外華人，對於國內的時事還是十分關注。同時，更由於拜今天的時代資訊發達，因而對國內所發生的事，都是瞭若指掌。國內貪腐現象無處不在，為官者，從低處到高層，簡直無官不貪。即如〈天網〉，道盡了領導層的黑暗醜陋一面。

為了家庭幸福，為了謀求有更好的一朝生活，或以廉價勞工名義，或以婚姻為由而作出放洋移民外地，冀望掙多幾個錢，而結果正好墮入了販賣人口，走私集團的圈套。如〈楓林道上〉、〈命運〉等篇是。此外，還有一篇〈仁心仁術〉，是赤裸裸剖白中國由於「一胎化」政策所帶來一種因超生問題，而要作出非法買賣胎兒的社會不幸勾當現象。至於〈憑誰保平安〉，則是記述了印尼原住民當年發動的排華慘劇，令人讀後不勝唏噓，感歎無奈。

記得中國有句古老話說：「積穀防饑，養兒防老。」但是，由於時代已有所改變，更何況於今中國，甚至海內外的華人社會，傳承了好幾千年所謂的「仁愛」與「道德」，早已淪亡。甚麼子孝孫賢，這一道「孝」的理論，對刻下新的一代人來說，根本就是說不通。傳宗接代，養兒育女，一生辛勤又是為誰而忙，到頭來，還不是贏得個「父母養兒，兒養子」。〈夕陽哀歌〉和〈燭淚滴殘年〉就是入木三分地刻劃，反映出老人的淒涼晚景無助慘況。尤其後者的〈燭淚滴殘年〉，讀後最容易催人淚下。

除了上述所列舉的幾個故事外，其他的還有，如〈喜訊〉、〈緋聞〉、〈慈愛〉、〈情義結〉與〈最後的微笑〉等好些個篇章，都是可堪一讀。

我一向很少讀現代小說，惟卻很喜歡讀像此類精煉、簡潔的微型故事。在婉冰這整部微型小說集子裡，從她那婉約的創作文字中，我讀出了，它帶有一股相當濃厚的「中國古老傳統文化」韻味。

在這新潮流芸芸浮生中，生活就是寫作的泉源，在我們日常社會周遭所發生的事兒多的是。它正好為喜愛寫作的文人，提供了很多創作的珍貴素材，故此，我也冀望能夠在不久的將來，讀到她面世的第二部微型故事。

最後在此，我很想提及一點的是，通過婉冰過去的大著《回流歲月》，和新近這部微型小說集子好些文字，我知道婉冰，除了喜愛文字創作外，她還有一道拿手絕活，就是「唱粵曲」。

記得在一九九八年，當她知道我也是此道的愛好者，還特地為我錄製，見贈一卷九十分鐘，是她在墨爾本分別和周志業、陳英奇兩位曲友合唱的〈洛水夢會〉、〈魂夢繞山河〉、〈牡丹亭之幽媾〉與〈隋宮十載菱花夢〉等幾個粵曲唱段（這卷錄音帶我至今仍然保留珍藏著）。婉冰的子喉唱腔，字正腔圓，以業餘性質演唱而論是十分成功。我也是一個天生粵劇粵曲迷，基於同好交流，但願有朝一日，也能夠與她來個〈樓台會〉，又或是〈火網焚宮十四年〉，再不然，就來個：「一葉輕舟去，人隔萬重山……，鳥南飛，鳥南返……」，這是我遠在天涯最大的期許。

二〇一四年元月十日於美國科羅拉多州一笑齋

（本文作者為「北美洛杉磯華文作家協會」會員、「新大陸詩刊」名譽編委，著有《此情可待成追憶》、《寒鴉集》、《夢回堤城》等散文集。）

釀文學164　PG1183

舒卷覓餘情
──婉冰散文集

作　　者　婉　冰
責任編輯　廖妘甄
圖文排版　楊家齊
封面設計　陳怡捷

出版策劃　釀出版
製作發行　秀威資訊科技股份有限公司
114 台北市內湖區瑞光路76巷65號1樓
電話：+886-2-2796-3638　傳真：+886-2-2796-1377
服務信箱：service@showwe.com.tw
http://www.showwe.com.tw
郵政劃撥　19563868　戶名：秀威資訊科技股份有限公司
展售門市　國家書店【松江門市】
104 台北市中山區松江路209號1樓
電話：+886-2-2518-0207　傳真：+886-2-2518-0778
網路訂購　秀威網路書店：http://www.bodbooks.com.tw
國家網路書店：http://www.govbooks.com.tw
法律顧問　毛國樑　律師
總 經 銷　聯合發行股份有限公司
231新北市新店區寶橋路235巷6弄6號4F
電話：+886-2-2917-8022　傳真：+886-2-2915-6275

出版日期　2014年7月　BOD一版
定　　價　250元

Printed in Taiwan

國家圖書館出版品預行編目

舒卷覓餘情：婉冰散文集 / 婉冰著. -- 一版. -- 臺北市：
釀出版, 2014.07
面； 公分. -- (釀文學；PG1183)
BOD版
ISBN 978-986-5696-28-3 (平裝)

855 103011934

讀者回函卡

感謝您購買本書，為提升服務品質，請填妥以下資料，將讀者回函卡直接寄回或傳真本公司，收到您的寶貴意見後，我們會收藏記錄及檢討，謝謝！

如您需要了解本公司最新出版書目、購書優惠或企劃活動，歡迎您上網查詢或下載相關資料：http:// www.showwe.com.tw

您購買的書名：________________________________

出生日期：________年________月________日

學歷：□高中（含）以下　□大專　□研究所（含）以上

職業：□製造業　□金融業　□資訊業　□軍警　□傳播業　□自由業

□服務業　□公務員　□教職　□學生　□家管　□其它______

購書地點：□網路書店　□實體書店　□書展　□郵購　□贈閱　□其他

您從何得知本書的消息？

□網路書店　□實體書店　□網路搜尋　□電子報　□書訊　□雜誌

□傳播媒體　□親友推薦　□網站推薦　□部落格　□其他__________

您對本書的評價：（請填代號　1.非常滿意　2.滿意　3.尚可　4.再改進）

封面設計____　版面編排____　內容____　文／譯筆____　價格____

讀完書後您覺得：

□很有收穫　□有收穫　□收穫不多　□沒收穫

對我們的建議：________________________________

____

____

____

請貼
郵票

11466
台北市內湖區瑞光路 76 巷 65 號 1 樓
秀威資訊科技股份有限公司 收
BOD 數位出版事業部

（請沿線對折寄回，謝謝！）

姓　　名：＿＿＿＿＿＿＿＿　年齡：＿＿＿＿　性別：□女　□男

郵遞區號：□□□□□

地　　址：＿＿＿＿＿＿＿＿＿＿＿＿＿＿＿＿＿＿＿

聯絡電話：（日）＿＿＿＿＿＿＿＿（夜）＿＿＿＿＿＿＿＿

E-mail：＿＿＿＿＿＿＿＿＿＿＿＿＿＿＿＿＿＿＿